De fantastische foto's van Tim Tango

De fantastische foto's van Tim Tango

Monique van der Zanden
Met tekeningen van Walter Donker

	ME ME ME ME ME		
AVI	S 3 4 5 6 7	P	
CLIB	S 3 4 5 6 7	8	P

fotografie, korte verhalen

Toegekend door Cito i.s.m. KPC Groep

1e druk 2007
ISBN 978.90.276.7476.0
NUR 283

© 2007 Tekst: Monique van der Zanden
© 2007 Illustraties: Walter Donker
Uitgeverij Zwijsen B.V., Tilburg
Vormgeving: Rob Galema

Voor België:
Zwijsen-Infoboek, Meerhout
D/2007/1919/321

Inhoud

De fantastische uitvinding van mijn oom Tim

Een camera die alles ziet wat wij mensen niet zien, die verborgen dingen zichtbaar maakt ... is dat geen droom? Mijn oom, Tim Tango, heeft hem uitgevonden.

Hij vertelde het mij toen hij me, net als elke woensdagavond, les gaf in fotograferen. Niet met een mobieltje waarmee je wel geinige shotjes maakt, nee, met zo'n echte super-de-luxe digitale spiegelreflexcamera! Je weet wel, zo'n toestel waarbij je diafragma, sluitertijd, filmgevoeligheid en de hele mikmak moet instellen. Klinkt dat je als Chinees in de oren? Dan moet je misschien ook eens les nemen bij mijn oom Tim.

Ik zal me even voorstellen: Ik ben Quinten Zuiderveld en ik zit in groep acht van basisschool De Kiekendief. Mijn oom Tim is beroepsfotograaf. Elke woensdag, na mijn les, drinken we hete chocolademelk bij de open haard. Ik vertel hem over school en hij vertelt mij over zijn werk. Op die bijzondere woensdag begónnen we met hete chocolademelk. Dat was raar, maar ik begreep algauw waarom: oom Tim barstte bijna van opwinding!

Hij vertelde me dat hij bij toeval iets had uitgevonden, omdat de batterijen van zijn digitale camera hadden gelekt. De smurrie was helemaal door de camera gelopen en had op de een of andere vreemde manier de foto's in het bestand aangetast. Toen mijn oom ze printte, zaten er vage vlekken op die hij niet weg kreeg met het computerprogramma waarmee hij zijn foto's altijd bewerkt. Dat was verschrikkelijk! Het waren foto's voor een belangrijke opdrachtgever, dus hij mocht ze niet verprutsen.

Oom Tim was wanhopig. Toen bedacht hij dat hij de foto's misschien kon redden door het fotopapier van de prints op een bepaalde manier te behandelen. Misschien zou het lukken met de techniek van vóór de digitale camera, toen een fotograaf fotopapier moest bewerken met chemicaliën om zijn foto's afgedrukt te krijgen. Vanwege de lichtgevoeligheid van het papier moest dat in een donkere kamer gebeuren, afgekort 'doka'. Er mocht alleen maar wat infrarood licht branden.

Oom Tim rende zijn doka in, die behoorlijk stoffig was en vol spinnenwebben zat omdat hij hem nooit meer gebruikte. Hij kieperde een zootje chemische stoffen bij elkaar en goot ze in een ouderwetse spoelbak. Toen hij zijn prints onderdompelde, zag hij bij het rode licht van het infraroodpeertje iets ongelofelijks gebeuren: na tien seconden kregen de vage vlekken vorm ... Er werden dingen zichtbaar die normaal gesproken niet te zien zijn!

Hij moet er als een idioot hebben uitgezien toen hij met opengezakte mond naar die foto's staarde. Hij slaakte een woeste, triomfantelijke indianenkreet. Hij had een ongelooflijke, fantastische uitvinding gedaan!

Duizelig van opwinding bedacht hij wat hij allemaal zou kunnen doen met deze supercamera. Hij zou bergen geld gaan verdienen met zijn foto's. Hij zou stinkend rijk worden! Maar ... mijn oom kalmeerde weer een beetje. Eerst zou hij er achter moeten komen wat de batterij-vloeistof precies had gedaan in zijn camera. Hij wist immers niet hoelang het spul werkte. Op een gegeven moment zou er vast en zeker een eind aan komen. Als hij foto's wilde blijven maken waarop onzichtbare dingen aan het licht kwamen, zou hij de werking van de batterijvloeistof moeten nabootsen. Dus ging hij aan de slag!

Hij vertelde me hoe hij dagen- en nachtenlang aan zijn uitvinding ploeterde, tot zijn bijzondere digitale camera volmaakt was. Al die tijd hield hij zijn vondst geheim, ook voor mij. Maar vanochtend besloot hij zijn supercamera voor het eerst te gebruiken bij een klus voor een makelaar en nu lukte het hem niet om nog langer zijn mond te houden.

Want wat er toen gebeurde ...

Borrelbonen

Dit is een van de eerste foto's die oom Tim met zijn uitvinding maakte. Hij liet hem aan mij zien op die speciale woensdagavond waarop hij mij zijn geheim vertelde. Zo was de foto voordat oom Tim hem onderdompelde in zijn spoelbak met speciale vloeistof:

Toen vertelde hij mij het gruwelijke verhaal erachter. Oom Tim is een meesterlijke verteller. Ik luisterde ademloos terwijl mijn chocolademelk koud werd ...

'Het lijkt wel of die verdraaide kerel van de aardbodem verdwenen is!' jammerde makelaar Maurits Mollema. Het koffiekopje dat hij oppakte, trilde zo erg dat de koffie over de rand klotste.

'U bent zijn makelaar en u verkoopt alleen maar zijn huis,' suste hoofdinspecteur Sanders, die tegenover mijnheer Mollema zat. 'Er is nog geen enkel familielid van mijnheer Driezel opgedoken, dat mij kwam vertellen over zijn vermissing.'

'Hij heeft geen familie meer, alleen nog een verre nicht. Ik ben bang dat hij is vermóórd!' riep de kleine, dikke makelaar schril.

Hij boog zich naar de politieman aan de andere kant van het bureau en fluisterde: 'Dat huis van Driezel is meer dan een miljoen waard, hoofdinspecteur. Die mijnheer komt op mijn kantoor en vertelt dat hij het wil verkopen ... en de volgende dag verdwijnt hij spoorloos! Vindt u dat niet verdacht? Sindsdien neemt hij zijn telefoon niet op, beantwoordt hij mijn e-mails niet, en doet de deur niet open. O, ik heb er nachtmerries van dat iemand hem ...'

Maurits Mollema rolde met zijn ogen en maakte met zijn vlakke hand een gebaar van links naar rechts over zijn keel.

'Omdat die man zijn huis te koop aanbiedt?' vroeg hoofdinspecteur Sanders ongelovig.

'Misschien is zijn zus volslagen kierewiet en wil ze niet dat haar broer hun ouderlijk huis verkoopt. Weet ik veel!'

'U beweerde zojuist dat mijnheer Driezel geen familie meer heeft,' zei de hoofdinspecteur met een uitgestreken gezicht.

'Dat vertelde hij mij, maar misschien willen ze niets meer van elkaar weten.'

Sanders wreef over zijn kin en staarde de makelaar peinzend aan. Toen zei hij: 'Vooruit, vertelt u mij eens precies hoe dat gesprek van u met onze verdwenen mijnheer Driezel verliep.'

Maurits Mollema schraapte zijn keel en zei aarzelend: 'Het eh ... het is een beetje een rare snuiter, dat moet ik erbij vertellen. Als hij werkelijk een knettergekke zus blijkt te hebben, zit het in de familie, zal ik maar zeggen.'

De makelaar stak zijn rechterhand omhoog en vervolgde: 'Toen ik hem bij onze begroeting een hand toestak, keek hij er wel tien seconden vol argwaan naar. Toen pakte hij hem heel voorzichtig met drie vingers beet en schudde hem een halve tel, waarna hij haastig een witte zakdoek tevoorschijn haalde en zijn hand afveegde. Nou vraag ik u!'

De verontwaardiging vonkte uit de ogen van Maurits Mollema, maar hoofdinspecteur Sanders grinnikte: 'Dat klinkt alsof uw klant last heeft van smetvrees. Dat is een soort ziekte waarbij mensen het idee hebben dat er overal bacteriën op de loer liggen, klaar om hen te bespringen.'

De makelaar knikte en zei peinzend: 'Dat klinkt als een goede verklaring voor het belachelijke gedrag van mijnheer Driezel. Stelt u zich voor: ik bood hem een stoel aan en ook die poetste hij af met die mallotige zakdoek, vóórdat hij ging zitten!'

Hij slikte en ging verder: 'Maar goed, de klant is koning, dus ik deed of dat allemaal volkomen normaal was. We hadden een prettig gesprek en kwamen overeen dat ik zijn huis zou beschrijven, fotograferen en verkopen. We spraken af dat ik twee dagen later bij hem zou langskomen voor een bezichtiging, samen met een fotograaf. Bij ons afscheid stak ik in een gewoontegebaar mijn hand uit, maar ik herstelde mezelf juist op tijd en krabde achter mijn oor. Mijnheer Driezel schudde immers liever geen handen.'

'Prima gedaan,' gniffelde hoofdinspecteur Sanders.

'Dat dacht ik ook, maar mijnheer Driezel zag eruit alsof hij ter plekke een stuip kreeg! "Dat is een ongezonde gewoonte, mijnheer Mollema," zei hij kokhalzend. "Op warme, vochtige plekjes krioelt het van de bacteriën. Ze kruipen onder je vingernagels en wentelen zich daar door de huidschilfers en het vuil en wanneer je dan ... blablabla!" Ik kan u wel vertellen, hoofdinspecteur, dat ik die middag geen hap van mijn boterham door mijn keel kreeg!'

De buik van mijnheer Mollema zag eruit of zijn eigenaar geen boterhammetje minder zou eten vanwege een smerig verhaal, en de hoofdinspecteur lachte galmend.

'Diezelfde middag belde ik Tim Tango, een fotograaf die ik vaker inhuur voor dit soort klusjes, en twee dagen later stonden we samen bij mijnheer Driezel op de stoep en belden aan. En nog eens ... maar er gebeurde helemaal niets. We wachtten minutenlang, maar hoorden geen voetstappen, geen gekuch, geen gerammel van sleutels. Zou hij zich bedacht hebben, of onze afspraak vergeten zijn? vroeg ik me af. We keken door de ramen maar zagen niemand en we besloten het later nog eens te proberen.'

De makelaar keek hoofdinspecteur Sanders vertwijfeld aan en zei schril: 'En dat ben ik blijven doen. Eerst een paar keer met Tim, later ook alleen. Vanmorgen om een uur of tien belde Tim om te zeggen dat hij alvast foto's van de tuin gemaakt had omdat hij toch in de buurt moest zijn, maar dat het huis nog steeds leeg en verlaten was. Toen ben ik in mijn auto gesprongen en als een haas naar het politiebureau gereden. Ik houd het niet meer uit, hoofdinspecteur. Er is vast en zeker iets verschrikkelijks gebeurd!'

Sanders trommelde nadenkend met zijn vingers op zijn bureau en vroeg: 'Dit duurt al twaalf dagen, zegt u?'

Maurits Mollema knikte bleekjes.

'Wel, dan is het misschien raadzaam om toch maar eens een kijkje te gaan nemen bij het huis,' bromde de hoofdinspecteur. Hij keek spijtig naar de warme kachel. Buiten stond een gure wind. Gelukkig was de sneeuw die vanmorgen gevallen was alweer gesmolten.

Met Maurits Mollema voor hen uit om de weg te wijzen, reed hoofdinspecteur Sanders met de rechercheurs Loens en Bouma naar het huis van mijnheer Driezel. Inspecteur Sanders bracht hen in de politieauto op de hoogte van het hele verhaal.

'Misschien is die mijnheer wel aangevallen door een legertje strak getrainde, bloeddorstige bacteriën en houden ze hem gegijzeld in zijn eigen kelder,' gniffelde rechercheur Loens.

'Dat is nou precies waar ik bang voor ben,' mompelde Sanders bezorgd. 'Niet voor een gijzeling natuurlijk, melige grapjas, maar wel dat die Driezel ziek geworden is en morsdood ergens in zijn woning ligt. We moeten er binnenkomen. Als niemand de deur voor ons opendoet, maken wij hem zelf open.'

Er lag een berg post op de mat achter de voordeur. Dat was een slecht teken. Rechercheur Bouma hield met haar vinger minstens twintig seconden het knopje van de bel ingedrukt. Behalve het doordringende gerinkel dat dit veroorzaakte, bleef het doodstil.

Op een teken van Sanders wrikte Loens met grote

handigheid een breekijzer tussen de deur en de sponning.

'Wat zonde van de verf,' grinnikte hij zonder een spoortje van spijt, waarna hij in zijn handen spuugde en kracht zette. Onder het luide gekraak van versplinterend hout schoot de voordeur open.

Nog altijd kwam er geen reactie uit het huis. Met bonzend hart liep hoofdinspecteur Sanders naar binnen, op de voet gevolgd door Bouma en Loens, en makelaar Maurits Mollema als lijkbleke hekkensluiter.

De politiemensen verspreidden zich en doorzochten snel de kamers op alle verdiepingen, maar nergens was een levende mijnheer Driezel te bekennen – en ook geen dode overigens.

Het huis zag eruit als de toonkamer van een megachique meubelwinkel. Alles stond pijnlijk nauwkeurig op zijn plaats. Er was nergens een kruimeltje of vlekje te bekennen en er lag nog geen vuil theelepeltje op het aanrecht.

Het gezicht van makelaar Maurits Mollema verkleurde van wit naar licht zeegroen. Hij wees met een mollige wijsvinger naar het dunne laagje stof dat elk voorwerp in de kamer bedekte en stotterde: 'Ik durf er mijn hoofd om te verwedden dat die bizarre Driezel elk stofje in zijn huis onmiddellijk te lijf zou gaan! Ik zweer het jullie: dit is het duidelijkste bewijs dat die man hier in geen twaalf dagen is geweest!'

Hoofdinspecteur Sanders en zijn team hielden een spoedvergadering in de huiskamer.

'Het ziet ernaar uit dat Driezel werkelijk al een hele tijd niet meer thuis is geweest,' zei de hoofdinspecteur fronsend. 'Misschien is hem op weg naar huis, na zijn gesprek met de makelaar, iets overkomen.'

'Ik heb vóór we bij het bureau vertrokken even alle meldingen van geweld van de afgelopen twee weken nagekeken,' vertelde rechercheur Bouma. 'Er was er niet één bij, waarin beschreven werd dat ergens ene mijnheer Driezel is neergeslagen.'

'Maar dat zijn de zaken die bekend zijn geworden,' bromde Sanders. 'Hier is waarschijnlijk iets in het geniep gebeurd – door een raadselachtige knettergekke zus, of door iemand anders!'

Hij keek rond en zei toen: 'Loens, jij gaat een buurtonderzoek doen. Probeer erachter te komen wanneer mijnheer Driezel voor het laatst is gezien en of er bijzondere dingen te melden zijn. Bouma en ik gaan een ronde doen in de stad, met een foto van die kerel. We beginnen in de buurt van dat makelaarskantoor.'

Hij plukte een lijstje van de muur met een foto waarop mijnheer Driezel ernstig kijkend naast een oerlelijke, broodmagere vrouw te zien was. De hoofdinspecteur tikte met zijn wijsvinger op het glas en bromde: 'Dit is in ieder geval iemand die mijnheer Driezel kent. We moeten erachter zien te komen wie deze vrouw is en waar ze woont. Zij kan ons misschien meer vertellen over de gewoonten van mijnheer, of, wie weet, kan ze ons zeggen waar hij uithangt. Dan zijn we lekker vlug klaar.'

'Misschien is ze zijn geheime liefje en zijn ze er samen vandoor naar de Canarische Eilanden,' giechelde Loens.

Nog diezelfde middag was het raak. Rechercheur Bouma stormde de drogisterij binnen, waar hoofdinspecteur Sanders met het personeel aan het praten was.

'Ik heb een Mexicaans restaurantje gevonden, chef,' hijgde ze. 'Het lijkt er sterk op dat Driezel dáár voor het laatst is gezien!'

'Wanneer was dat?' wilde Sanders weten.

'Op donderdagavond 19 november, de dag na zijn gesprek met die makelaar. Hij heeft in dat restaurantje gegeten van zeven uur tot kwart voor negen 's avonds en is na een kopje koffie weer vertrokken.'

Sanders wierp een snelle blik op het personeel van de drogisterij en zei: 'Dat klopt dus met het verhaal dat jullie me zojuist verteld hebben. Op die avond, koopavond, liep de mijnheer van deze foto vlak vóór sluitingstijd jullie winkel binnen en vroeg om maagtabletten.'

'Hij zag heel bleek, alsof hij niet helemaal lekker was,' zei de kassajuffrouw ijverig knikkend.

'Groen om zijn neus,' giechelde haar collega, terwijl ze haar lange, paarsgeverfde piekhaar uit haar ogen veegde. 'En hij veegde het doosje dat wij hem verkochten af met een witte zakdoek vóór hij het in zijn jaszak stak.

Die engerd keek de winkel rond alsof hij verwachtte dat hij elk ogenblik kon worden besprongen door hordes gore kakkerlakken!'

'Typisch Driezel,' bromde hoofdinspecteur Sanders.

Hij snelde met rechercheur Bouma naar buiten en ze staken de straat over naar het kleine Mexicaanse restaurantje aan de overkant.

'Zou hij vergiftigd zijn?' vroeg rechercheur Bouma zich hardop af. 'Moeten we die Mexicaan niet in de handboeien slaan en meenemen naar het politiebureau voor verhoor, chef? Ik zou die keuken wel eens op zijn kop willen zetten om te kijken of we niet een weggemoffeld potje rattengif vinden!'

'Geen overhaaste dingen, Bouma,' waarschuwde Sanders. 'Misschien heeft Driezel die avond gewoon iets gegeten wat te heftig gekruid was.'

Bouma snoof schamper en zei: 'Maar daarna is hij – o wat toevallig – verdwenen!'

'En dat gaan wij uitzoeken. Het zou best kunnen dat die Mexicaanse eigenaar of een van zijn obers een praatje heeft gemaakt met Driezel, en dat hij hun verteld heeft wat zijn plannen voor de rest van de avond waren.'

'Iek heb geen flauw idee!' riep de eigenaar van het Mexicaanse restaurantje uit. 'Die menier heeft hier lekker gegeten en ging rond kwart voor negen weg. Dat heb iek al aan die mevrouw van de politie verteld!'

Hoofdinspecteur Sanders dacht een ogenblik na en

vroeg toen: 'Weet u nog wat die mijnheer gegeten heeft? Hij had direct na de maaltijd zoveel last van zijn maag dat hij aan de overkant tabletten tegen de pijn gekocht heeft. Kan het zijn dat een van de ingrediënten bedorven is geweest?'

De Mexicaanse eigenaar slikte zowat zijn zwierige snor in van schrik en verontwaardiging. Met een hoofd zo rood als een Spaanse peper riep hij boos: 'Bedorven iengrediënten, menier, ien mijn restaurant? Dat ies een grove belediging! Dat laat iek me niet zeggen, zelfs niet door een hoge heer van de politie!'

'Rustig maar,' suste de hoofdinspecteur terugdeinzend voor de woede van het kleine, dikke mannetje. 'Ik bedoel er niets mee, maar het kan belangrijk zijn om te weten waarom mijnheer Driezel zo'n pijn in zijn maag had na het eten. Wie weet, is hij onderweg naar huis doodziek geworden en ligt hij al die tijd al bewusteloos in het ziekenhuis.'

'Belt u dan naar het ziekenhuis!' zei de Mexicaan verongelijkt. Toen trilde er een glimlachje om zijn mondhoeken en hij grinnikte: 'Het zal trouwens wel niet bij pijn ien zijn maag zijn gebleven, weet u. Menier Driezel had beter meteen ook iets tegen rommelende darmen kunnen halen bij de drogiest. We hebben hem nog gewaarschuwd, Alfonso en iek.'

Hoofdinspecteur Sanders spitste zijn oren. 'Waar hebt u hem voor gewaarschuwd? En wie is Alfonso?'

'Alfonso ies mijn kok, menier. Borrelbonen met chilipepers ies zijn specialiteit, een echt Mexicaans gerecht. Het ies verrukkelijk, maar je moet er een héél sterke maag voor hebben. Menier Driezel stond erop om het te proeven. Hij heeft zitten smullen daar bij het raam.'

'Borrelbonen?' vroeg Sanders met een onnozel gezicht. Hij had er nog nooit van gehoord.

De Mexicaan knikte heftig en gniffelde, terwijl hij over zijn buik wreef: 'En ze heten niet voor niets zo! Wanneer ze eenmaal ien je darmen zijn aangekomen ...!'

'We weten nu wat Driezel gegeten heeft,' zei hoofdinspecteur Sanders somber, toen ze even later op straat stonden. 'Maar verder weten we nog steeds niets! Ik stel voor dat jij het ziekenhuis belt, Bouma, om dat ideetje van mij even te checken.'

'Dat zal ik doen, hoofdinspecteur. Maar, waarom halen we Peper er niet bij?' stelde rechercheur Bouma voor.

'Onze hondenman?' vroeg Sanders weifelend. 'Het spoor is al oud, beste Bouma. Zelfs als hij Nero meeneemt, de kampioen van de kennel, heb ik er een hard hoofd in dat het lukt.'

'De neus van die goeie, trouwe Nero heeft wel sterkere staaltjes geleverd, chef! En stel je voor dat die Mexicaanse kok toch een scheut rattengif door Driezels bonen heeft geroerd ... In dat geval is er een goede kans dat een speurhond ergens in een sloot of steeg de dode mijnheer Driezel vindt!'

De hoofdinspecteur haalde zijn schouders op. 'Oké, het kan in ieder geval geen kwaad om het te proberen. Bel Peper maar en zeg hem dat hij zijn kampioen meeneemt!'

Binnen een halfuur arriveerde Peper, vergezeld van een goudkleurige hond met lange, sterke poten en een glimmende, natte neus. Nero draaide enthousiast rondjes om de benen van zijn baas en blafte. Hij kon niet wachten om te beginnen!

Sanders legde snel het hele geval uit aan de hondenman. 'Misschien lukt het Nero om het spoor hier op te pikken,' eindigde hij zijn verhaal.

Peper aaide Nero over zijn rug en zei: 'Ik denk wel dat hij dat voor elkaar krijgt, chef. Maar, om te beginnen moet hij Driezels spoor hier uit al die andere sporen vissen. Hebben we iets van die mijnheer om Nero te laten ruiken?'

Bouma knikte en stapte naar voren met een bruine, zijden herensjaal in haar hand.

'Ik dacht al dat je dat zou vragen, Peper,' lachte ze. 'Daarom ben ik, terwijl je onderweg was, nog even naar binnen gelopen en heb die Mexicanen gevraagd of Driezel soms iets had laten liggen. We boffen ontzettend; hij was zijn sjaal vergeten want het was niet koud op de avond dat hij daar gegeten heeft. Trouwens, mijnheer,' richtte ze zich tot de hoofdinspecteur die naast Peper stond. 'In het ziekenhuis hebben ze géén geheimzinnige, bewusteloze patiënt. Ik heb zojuist gebeld.'

'Jammer,' gromde Sanders. 'Anders was alles opgelost. Oké, Peper: jouw beurt!'

Peper liet Nero aan de sjaal ruiken en moedigde hem toen aan het spoor van mijnheer Driezel te zoeken. De speurhond liep in steeds wijder wordende cirkels over de stoep voor het Mexicaanse restaurant, zijn neus tegen de tegels gedrukt. Opeens blafte hij met een korte, schelle blaf. Daarna stak hij in een rechte lijn de straat over, zijn baas aan de lange lijn achter zich aan sleurend.

'Hij heeft het spoor te pakken!' juichte Peper. Hij struikelde over zijn eigen benen, terwijl hij probeerde Nero bij te houden.

Voor de deur van de drogisterij stopte de hond abrupt en begon te blaffen en aan de deur te krabben.

'Dat klopt precies,' hijgde hoofdinspecteur Sanders, die met Bouma achter Peper aan gerend was. 'Driezel is hier naar binnen gegaan om maagtabletten te kopen. Maar als het goed is, heeft hij daarna zijn weg vervolgd.'

'Oké,' zei Peper en hij wapperde met de zijden sjaal voor Nero's neus.

'Komaan jongen, zoek het spoor, zoek!'

Weer liep de speurhond in cirkels rond, eerst kwispelend en aarzelend, maar opeens vol aandacht. Hij spitste zijn oren en drukte zijn neus plat tegen de stoeptegels. Toen schoot hij als een raket weg, de lijn bijna uit de handen van Peper rukkend.

'Hola!' schreeuwde die en de dolle ren begon opnieuw.

Ze holden met z'n allen achter de hond aan de Koop-
vaardijstraat uit, linksaf de Saturnuslaan in en op het
einde naar rechts, de kerk voorbij en de Vaartweg op.
Halverwege de Vaartweg schoot Nero een nauw steegje
in. Daar gebeurde het!

De hond remde zo plotseling dat het leek of hij tegen
een onzichtbare muur knalde. Hij waggelde en jankte
met een geluid dat door merg en been ging. Zijn ogen
flipperden door hun kassen en de spiertjes in zijn neus
kronkelden als een pot pieren. Op hoge, stijve poten
trippelde hij een paar pasjes om zijn as, kokhalzend en
hijgend ... toen viel hij bewusteloos op de straatkeien.

'Goeie genade!' schreeuwde hoofdinspecteur Sanders
ontzet. 'Wat is er met die hond aan de hand?'

Met de snelheid van het licht werd de technische op-
sporingsdienst erbij gehaald. Die kreeg de opdracht te
onderzoeken wat in het steegje de oorzaak was geweest
van Nero's knock-out. Het arme beest was schuimbek-
kend en met rollende ogen afgevoerd naar de Vaartweg.
Daar was hij langzaamaan weer bijgekomen. Voorlopig
zou hij niet meer tot speuren in staat zijn.

Sanders stond zich bij het rood-witte afzetlint te ver-
bijten en keek ongeduldig naar de mannen die met hun
stalen koffers vol poeders, kwastjes en metertjes in het

steegje aan het speuren waren. Het enige wat hijzelf op een vluchtige inspectieronde had gevonden, was een herenschoen met donkere spatten erop en hij vreesde het ergste.

'Hebben jullie al iets gevonden?' vroeg hij voor de zevende keer in vijf minuten. 'Er moet hier iets ongelofelijk afgrijselijks zijn gebeurd met mijnheer Driezel, dat die hond het zo op zijn heupen krijgt! Politiehonden zijn heel wat gewend.'

'Ik weet niet wat er met die Driezel gebeurd is, maar ik meet hier een vreemd gas,' zei een van de technische rechercheurs die achter in het steegje stond met een ingewikkeld apparaat. Hij krabde achter zijn oor en herhaalde verbaasd: 'Een buitengewoon vreemd gas.'

Zijn collega, die meekeek op de metertjes merkte op: 'Ik denk dat Nero daardoor van zijn sokken is gegaan. De geur van dat gas is zo allergruwelijkst, zo vreselijk verschrikkelijk, dat je flauwvalt zodra een vleugje ervan je neusgaten bereikt.'

'Wat is het voor gas en waarom ruiken wij het niet?' snauwde hoofdinspecteur Sanders.

'Het is het meest agressieve gas dat je maar bedenken kunt,' verklaarde de man. 'Als je er een dooie in zou leggen, zou hij binnen een week een blinkend wit skelet zijn! Omdat het meeste van het gas vervlogen is de afgelopen dagen, ruiken wij helemaal niets meer, maar er was nog genoeg over voor die arme hondenneus van Nero.'

'Maar wat ís het?' riep Sanders uit. 'Hoe komt het hier terecht?'

De andere technische rechercheur toetste een paar knopjes in en de hoofdinspecteur zag een reeks moeilijke woorden felgeel oplichten op de display.

De rechercheur verklaarde: 'Het is een smerig mengsel met een megalange naam, dat ontstaat als je borrelbonen en spruitjes eet. Blijkbaar heeft die mijnheer er hier een beetje van ... eh ... verloren, zal ik maar zeggen.'

'Kortom, hij liet een knetterende scheet,' grinnikte zijn collega. 'Ik wed dat zijn schoenen hem van zijn voeten zijn gevlogen. Wat wil je, als je borrelbonen eet!'

Hij werd ernstig en vervolgde: 'Het is voor het eerst dat ik borrelgas tegenkom. Als die vent dit geflikt had in een restaurant met de ramen en deuren dicht, was het massamoord geweest. Borrelgas is dodelijk in een afgesloten ruimte! Er zijn twee gevallen van ernstige ademhalingsproblemen bekend. Die mensen mogen van geluk spreken dat ze het overleefd hebben. Gelukkig komt bijna nooit iemand op het idee om tegelijkertijd spruitjes en borrelbonen te eten.'

'Maar Driezel heeft borrelbonen met chilipepers gegeten. Hij heeft helemaal geen borrelbonen met spruitjes gegeten,' zei hoofdinspecteur Sanders.

'Ik ben bang van wel, hoofdinspecteur,' klonk een stem aan het begin van het steegje.

Sanders draaide zich om en zag Loens staan. De rechercheur bladerde in zijn notitieboekje en vervolgde:

'De heer Driezel heeft het middagmaal op donderdag 19 november gebruikt bij zijn verre nicht, mejuffrouw Claartje Vinkenvang. Dat is de vrouw op de foto bij hem aan de muur. We hebben haar gevonden en ze heeft verklaard dat ze de donderdagmiddag samen hebben doorgebracht. Aan het begin van de middag aten ze ...'

'Spruitjes!' raadde hoofdinspecteur Sanders met op elkaar geklemde kiezen. Hij draaide zich opnieuw om en riep naar de technische rechercheurs: 'Kan dat? Kunnen spruitjes een paar uur in je darmen rondhopsen tot ze gezelschap krijgen van borrelbonen, om vervolgens met elkaar dat gezellige gas te vormen?'

Een van de technische rechercheurs knikte.

De hoofdinspecteur kreunde. 'Goed, we nemen aan dat de keurige mijnheer Driezel hier een eh ... wind liet en net als Nero van zijn stokje ging. Gelukkig speelde het zich af in de buitenlucht, dus is hij een tijdje daarna bijgekomen en toen ...'

De rechercheurs keken hulpeloos om zich heen.

Sanders stampvoette en snauwde: 'Waar is die vent in vredesnaam gebleven? Hij kan toch niet in rook zijn opgegaan? Heeft hij een bank overvallen met zijn darmen als wapen en is hij met de buit naar het buitenland gevlucht? Is hij in een miljoen onvindbare stukjes gereten toen hij 'm van katoen gaf in de buurt van een brandende sigaret? Ligt hij soms ergens bij te komen van een spoedeisende neustransplantatie?'

'Ik kan wel proberen of het spoor vanaf de steeg weer

op te pikken is, hoofdinspecteur,' bood Peper aan. Hij keek beteuterd naar de bruine zijden sjaal in zijn hand. 'Maar ik vrees dat deze sjaal, net als Nero, daarvoor geen dienst meer kan doen. Hij heeft te lang in de steeg gelegen, terwijl ik bezig was met het opkalefateren van Nero. Ik heb een andere speurhond nodig én een ander eigendom van mijnheer Driezel.'

'Laten we naar mejuffrouw Vinkenvang gaan,' bedacht rechercheur Bouma. 'Misschien heeft zij iets van haar neef waar zijn geur in hangt ... zijn geur van vóór de borrelbonen!'

Claartje Vinkenvang stond erop mee te gaan op het vervolg van de speurtocht, nadat zij de rechercheurs een witte zakdoek van haar neef had gegeven, die hij bij haar had laten liggen.

Het was inmiddels gaan sneeuwen.

'Ik wist helemaal niet dat die arme Eusebius vermist werd,' verklaarde ze zenuwachtig. 'We zagen elkaar soms maanden en maanden niet.'

Met vuurrode blosjes op haar wangen keek ze toe hoe Wodan, de opvolger van Nero, gretig aan de witte zakdoek snoof. Peper zorgde er angstvallig voor dat Wodan uit de buurt van de steeg bleef.

'Zoek maar jongen, zoek!' commandeerde hij.

Wodan snuffelde in de goot, op de stoep, rondom een lantaarnpaal ... Plotseling begon hij te blaffen en sprong kwispelstaartend tegen de paal op.

De politiemensen legden hun hoofd in hun nek alsof ze verwachtten dat ze daar, boven in de lantaarnpaal met zijn armen om de lamp geslagen, Eusebius Driezel zouden zien.

'Hij heeft natuurlijk houvast gezocht aan de paal toen hij bijgekomen was,' bedacht Peper. 'En daarna heeft hij wankelend en waggelend zijn weg vervolgd.'

Dat was te zien. Wodan had het spoor te pakken en liep zigzaggend over de stoep. Hij zwalkte van lantaarnpaal naar gevel naar brandkraan naar fietsenrek, alsof hij dronken was. Zo legde de speurhond enkele kilometers af, met in zijn kielzog zijn baas Peper, de groep rechercheurs en mejuffrouw Vinkenvang, die opgewonden gilletjes slaakte.

'Het lijkt wel of hij naar het huis van Eusebius gaat,' riep mejuffrouw Vinkenvang verwonderd uit toen ze aan de rand van de stad kwamen. 'Kijk, het is hier de straat in, de hoek om en ...'

Wodan sprong tegen de verzegelde voordeur van mijnheer Driezels huis op en blafte luid.

'Wel heb je ooit,' zei hoofdinspecteur Sanders verbouwereerd. 'Hij kán niet naar huis zijn gegaan want we hebben hem daar nergens kunnen vinden!'

Het huis was nog steeds griezelig netjes. Claartje Vinkenvang glimlachte weemoedig. Ze wees op de kapstok, waaraan keurig op een rij vier smetteloze colbertjasjes op precies dezelfde manier aan hun hangertje hingen, en babbelde: 'Ach, die arme Eusebius. Er is niemand op de hele wereld die meer gesteld is op hygiëne en netheid dan hij. Weet u wel dat hij zelfs zijn wc naar buiten heeft laten verplaatsen? Hij vond het niet fris, een wc in huis.'

Ze wees door het keukenraam naar de achtertuin waar ze een piepklein gemetseld huisje zagen. Het had een pannendak en er liep een trapje van twee treden naar de blinkend gesopte deur.

'Hij heeft er een kapitaal aan uitgegeven. U zult geen kiertje vinden in dat gebouwtje. Het is zo goed geïsoleerd dat er geen zuchtje wind in kan. Je zit er nooit koud.'

'Jajaja,' onderbrak hoofdinspecteur Sanders haar chagrijnig, want hij begon een barstende hoofdpijn te krijgen. 'Allemaal leuk en aardig, maar ons spoor is doodgelopen en het onderzoek zit muurvast. Is er íémand op de wereld die ons kan vertellen waar die pietluttige neef van u gebleven is?'

Ja! Dat kon mijn oom Tim, nadat hij zijn foto's hun geheime behandeling gegeven had. Hij liet me er één zien. Ik staarde ernaar terwijl de haartjes in mijn nek overeind gingen staan ...

Knaagplaag

De volgende woensdag vroeg ik oom Tim na afloop van mijn les nieuwsgierig: 'Heb je nog meer van die ... eh ... doorkijkfoto's gemaakt?'

Oom Tim schoof nog een blok hout op het vuur in de open haard. Toen ging hij zitten en zei met een grimmig gezicht: 'Nou en of, Quint. Gisteren! Maar weet je wel zeker dat je dat verhaal wilt horen? Je slaapt vast de hele nacht niet!'

'Pfff,' antwoordde ik. 'Ik ben geen klein kind meer! Vertel op, oom!'

Halverwege het verhaal kreeg ik daar best wel spijt van ...

Het begon allemaal heel gewoon. Dit was de foto die oom Tim me liet zien. Niks engs aan! Hij vertelde: Gisteren had ik een afspraak met Juliëtte de Waan voor een fotoreportage in modeblad *Hot&Cool*. Die opdracht was een waanzinnige eer! Juliëtte is een topmodel; het beroemdste fotomodel van Europa sinds haar ontdekking vier jaar geleden.

Met een stralende glimlach kwam ze uit de kleedkamer van de studio van *Hot&Cool* en schudde mijn hand. Da's een meid zonder kapsones, dacht ik, heel anders dan de meeste fotomodellen! Ik stelde voor dat we meteen zouden beginnen en gebaarde naar de zeilboot, die ik speciaal voor deze gelegenheid in de studio had opgesteld. Met het geschilderde decor tegen de wand erachter en de windmachine waarvan ik de stand kon regelen zou het net zijn of de foto's aan het strand gemaakt waren. Maar het feit dat het allemaal nep was, zou er een mooi artistiek tintje aan geven. Precies zoals ik wilde!

Juliëtte lachte en klom in de zeilboot.

'Zet je die windmachine niet op orkaankracht zo meteen?' vroeg ze plagend, terwijl ze de dure kleren die ze aanhad in de plooi streek. 'Als ik me niet stevig aan de mast vasthoud, waai ik bij windkracht één al weg!'

'Geen wonder; je bent nog dunner dan die mast,' grinnikte ik en begon de felle lampen te richten.

'Fotomodellen moeten vreselijk afzien,' vertelde Juliette met een treurig gezicht. 'Een of andere idioot heeft namelijk ooit bedacht dat mooie meisjes graatmager zijn. Vanaf de dag dat ik ervan droom om fotomodel te worden, heb ik mezelf voortdurend uitgehongerd.'

Ze zuchtte diep en zei: 'Ik werd er knettergek van: een half sneetje toast 's morgens, een radijsje en drie schijfjes komkommer als lunch en 's avonds een vingerhoedje zilvervliesrijst.'

'Werd?' vroeg ik verbaasd.

'Ja, wérd, in de verleden tijd,' benadrukte Juliëtte en daar sprong haar stralende glimlach weer tevoorschijn. 'Mijn ontmoeting met dokter Delphus Duisterwold een halfjaar geleden betekende mijn redding!'

'Dokter Delphus Duisterwold,' herhaalde ik langzaam, terwijl ik mijn camera instelde. Ik liet de klanken over mijn tong rollen. 'Dat klinkt geweldig mysterieus.'

De lach van Juliëtte de Waan parelde door de studio en ik drukte vlug mijn eerste foto af, want ze zag er betoverend uit.

'Dokter Delphus ís mysterieus,' vertelde ze dromerig. 'Als je zijn huis binnenkomt, waan je je in een andere wereld vol geheimzinnige dingen zoals een rode vleermuis op sterk water, een opgezette reuzenspin die wel zo groot is als een everzwijn, en een vuur dat brandt met groene vlammen.'

Enthousiast ging ze verder: 'De dokter is altijd bezig met allerlei interessante experimenten zoals het kweken van een den met eetbare dennenappels, het drogen van torreneieren, die na het toevoegen van water opzwellen en uitkomen, en ... het ontwikkelen van vermageringspillen! De ingrediënten daarvoor zoekt hij zelf bij elkaar op zijn expedities in het hart van Afrika. Het recept is vanzelfsprekend supergeheim. Ik slik die pillen nu een halfjaar en kijk maar eens naar het resultaat!' Ze gooide haar mooie hoofd in haar slanke nek en draaide sierlijk rond op één voet. 'Ik eet wat ik wil, al is het elke dag chips en slagroomtaart, en ik kom geen grammetje aan. Integendeel, ik val af zonder dat ik ook maar iets anders hoef te doen dan elke dag een pilletje in te nemen met een half glaasje water. Dokter Delphus Duisterwold is een wonderdokter!'

'Ik geloof je,' zei ik plechtig. 'Ik hoef maar naar je te kijken en ik zie het bewijs! Zullen we nu beginnen met de eerste serie foto's? Pak dat touw maar eens en hijs het zeil, maar langzaam graag en kijk lekker brutaal naar de camera.'

Anderhalf uur hard werken, vijfmaal omkleden en een paar honderd foto's later namen we even pauze en ploften op twee stoelen in een hoek van de studio. Ik sloot mijn digitale camera aan op mijn laptop, liet de foto's die ik gemaakt had voorbijflitsen en bromde goedkeurend.

Juliëttes assistente kwam meteen aandribbelen met lipstick, mascara en poederdons om de make-up van het beroemde fotomodel bij te werken, maar Juliëtte wuifde haar weg. 'Zo meteen Linda. Laat me eerst bijkomen en breng ons een kopje thee.'

Ze beet op haar lip en zei met een grimas tegen mij: 'Linda moet tegenwoordig vaak eindeloos poederen en smeren om de wallen onder mijn ogen weg te werken, maar gelukkig is dat binnenkort allemaal voorbij.'

'Hoezo?' vroeg ik verwonderd. 'Ga je naar een plastisch chirurg?'

Juliëtte schudde haar hoofd. 'Welnee, ik hoop binnenkort weer lekker te kunnen slápen, want ik ga verhuizen.'

'Wat is er met je oude huis aan de hand? Kun je daar niet slapen?'

'Al maandenlang niet.' Juliëtte huiverde. Haar ogen werden donkere poelen vol angst. Ze fluisterde: 'Er zit iets ... in mijn oude huis en het knaagt en knaagt en knaagt ... 's Nachts, wanneer iedereen slaapt en het overal doodstil is, begint het. Eerst is het een geritsel dat je bijna niet hoort, alsof er een kind met zijn nageltjes over het behang krabbelt. Maar terwijl ik angstig lig te luisteren, wordt het luider en luider tot het geknaag ten slotte mijn hele schedel lijkt te vullen. Hoe ik ook woel, hoe ik ook probeer mijn oren dicht te stoppen of mijn hoofd onder mijn kussen te begraven, het valt niet buiten te sluiten. O, ik heb er dag en nacht verschrikkelijke buikpijn van!'

'Wat is het?' vroeg ik ademloos.

'Als ik daar achter kon komen, had ik er iets aan gedaan,' antwoordde Juliëtte met een diepe zucht.

Haar mooie schouders verkrampten, terwijl ze vertelde: 'Eerst dacht ik dat het aan mijn matras lag. Je hoort immers wel eens dat beddengoed vol zit met beestjes die 's nachts actief worden en zich volvreten met jouw huidschilfers.'

Ik schoof mijn kop thee van me af, want ik had plotseling geen trek meer.

Voor zich uitstarend zei Juliëtte: 'Dus dacht ik: waar kleine beestjes zitten, zitten misschien ook grotere beestjes. Wie weet, krioelde mijn matras van de smerige torren die pas wakker werden als ik ging slapen!'

'Gatverdarrie,' griezelde ik.

'Dat vond ik ook en ik wilde niet eens bedenken waaraan ze knaagden, dus kocht ik een spiksplinternieuwe matras.'

'Maar ... dat hielp niet?'

'Nee, het hielp geen fluit. Die nacht was het geknaag erger dan ooit tevoren en ik kronkelde van angst en afschuw. Toen ik de volgende morgen van alle slapeloze uren zat bij te komen met een kop sterke thee, kreeg ik een nieuw idee: misschien zaten er muizen in de schoorsteen!'

'Je hebt hem natuurlijk meteen laten vegen,' begreep ik.

'Onmiddellijk! Dat wil zeggen, ik maakte de afspraak onmiddellijk, maar de schoorsteenveger was druk bezet en kon pas twee weken later langskomen. Al die tijd moest ik dat gruwelijke, nachtelijke geknaag zien uit te houden. Ik snap nog niet hoe dat gelukt is. Elke nacht had ik visioenen van hordes muizen die zich vanuit mijn open haard de kamer in waagden en plukken haar uit mijn schedel trokken om er hun nestjes mee te bekleden. Heel wat keren schoot ik in het pikkedonker hysterisch overeind in mijn bed, want dan was dat afgrijselijke knagen zó dichtbij dat het leek alsof die beesten in mijn oren waren gekropen!'

'Arme jij,' zei ik medelijdend. 'Werd het niet minder toen de schoorsteenveger eenmaal zijn werk had gedaan?'

Juliëtte schudde treurig haar hoofd. 'De nacht daarna ging het geknaag even vrolijk verder. Er bevond zich niet één muis in mijn schoorsteen, er waren zelfs geen keutels of nesten gevonden.'

Ik voelde de rillingen langs mijn ruggengraat lopen, toen ik me probeerde voor te stellen hoe het moest zijn om moederziel alleen in een huis vol lugubere knaaggeluiden te slapen.

'Toen dacht ik aan de spouwmuur,' zei Juliëtte zachtjes. 'Je weet vast wel dat moderne huizen gebouwd zijn met dubbele muren die een eindje van elkaar staan. De ruimte ertussen heet spouw en zorgt ervoor dat het huis lekker warm en droog blijft. In die open ruimte kan van alles zitten ... ratten, bijvoorbeeld! Mijn bed staat tegen de muur en die bloedstollende geluiden klinken aldoor zo dichtbij dat ik plotseling aan de spouwmuur moest denken.'

'Ratten!' riep ik vol walging uit.

'Ik zal je niet vertellen welke angstvisioenen ik dáárbij kreeg,' zei Juliëtte met een gemaakte grijns. 'Ik vloog naar de telefoon en belde een gediplomeerde rattenverdelger. Zijn agenda was overvol en hij kwam ...'

'... na twee weken!' raadde ik.

'Twee weken vol nachtmerries, ja. Toen hij eindelijk kwam opdagen, verklaarde hij mijn huis tot verboden terrein en spoot de spouwmuur vol met dodelijk en snelwerkend gas.'

Ik keek naar haar gezicht en vroeg langzaam: 'Maar dat had zeker ook geen resultaat?'

'Nee.'

'Dus je weet nog steeds niets?'

'Het blijft een afgrijselijk raadsel. Als het geen ongedierte in mijn matras is, als het geen muizen en geen ratten zijn, wat dan? Iets knaagt met een sinister, nooit eindigend geluid dat je zenuwen sloopt tot het uitgerafelde draadjes zijn en je alleen nog maar kunt denken: wat is het? Wanneer slaat het toe?'

'En nu?'

'Ik heb besloten te verhuizen. Het is de enige oplossing die ik kan bedenken om van dat gruwelijke geknaag verlost te worden. Nog vier nachtjes slapen – nou ja, wakker liggen ...'

Juliëtte kieperde trillend onze afgekoelde thee in de plantenbak achter haar en schonk gloeiend hete in uit de thermoskan.

'Goed!' zei ze met een diepe zucht en een mislukte glimlach. 'Wat had je in gedachten voor onze volgende fotoreportage? Ik heb nog bikini's om te showen. Een daarvan is misschien wel geschikt voor de cover van *Hot&Cool*.'

Ik probeerde Juliëttes griezelige verhaal te vergeten en te bedenken op welke manier ik haar wilde fotograferen. Terwijl Juliëtte wachtte op mijn beslissing, rommelde ze in haar piepkleine, goudkleurige handtasje tot ze een medicijnpotje vond, dat ze triomfantelijk omhoog stak.

'Dokter Delphus Duisterwolds wonderpillen!' lachte ze, en ze schroefde het deksel van het potje. 'Ik heb me vanmorgen zo vreselijk moeten haasten dat ik mijn dagelijkse pil nog niet geslikt heb.' Ze legde een klein, zwart glimmend pilletje in haar handpalm, sloeg het naar binnen en dronk haar thee op. 'Ziezo, ik ben helemaal klaar voor de volgende ronde!'

Diezelfde avond ging ik aan de slag om alle foto's die ik die dag gemaakt had te bewerken en te printen. Terwijl ik peinzend de stralende, beeldschone Juliëtte de Waan bekeek, moest ik weer aan haar verhaal over de geheimzinnige knaagplaag in haar huis denken. Er kroop een gedachte in mijn hoofd: stel je voor dat ik een van deze foto's mijn speciale behandeling zou geven ...

Ik weet niet of ik toen al vermoedde wat ik te zien zou krijgen, maar toen de voorheen onzichtbare details van de foto langzaam uit het niets opdoemden in hun chemische bad, stokte mijn adem. Ik greep een tang, viste het papier uit de spoelbak en hield het vlak voor mijn verbijsterde ogen. Mijn haastige avondmaal kwam in zure, hete golven naar boven ...'

Oom Tim stopte met vertellen en haalde diep adem. Toen legde hij een foto tussen onze bekers ...

De zwarte mamba

Vanaf nu waren onze woensdagavonden voor een deel gevuld met griezelverhalen. Oom Tim gebruikte zijn speciale camera heel vaak, en hij beleefde de gekste dingen. Zoals die ochtend dat er een gevaarlijke slang ontsnapt was:

Er gilde iemand zo hard en plotseling dat het wel een explosie leek op deze vredige maandagochtend in mei. 'Een slang! Een slang!'

Je zou verwachten dat iedereen die de alarmkreet hoorde, maakte dat hij wegkwam. In plaats daarvan kwamen de mensen juist op het geschreeuw af. Oom Tim ook. Hij had zijn fototoestel nog omhangen, want hij had zojuist een serie portretfoto's gemaakt van de vrouw van graaf Leomar en haar troetelpoedel.

Op een groene plastic container naast een bushalte stond een mevrouw te bibberen. Ze zag spierwit en wees met haar paraplu naar een hoop rommel onder een beukenhaag.

'Een slang! Ik zag daar een slang van wel tien meter lang!' jammerde ze.

De toegestroomde mensen deinsden geschrokken achteruit.

'Nou nou, hij is precies achtennegentig centimeter, het is maar een jonkie,' klonk een sussende stem. Die was van een slungelige jongeman in een spijkerbroek die uit een poort kwam toesnellen. Hij had een mobieltje in zijn hand. 'Het is een zwarte mamba en hij is uit mijn terrarium ontsnapt. Ik heb net mijn kameraad Luc Tokabroek gebeld. Hij is een slangendeskundige die me gaat helpen Flex te vangen.'

'Een zwarte mamba!' riep een meisje met rastavlechtjes, schril van schrik. 'Daar heb ik vorige week een werkstuk over gemaakt. Het zijn hartstikke giftige slangen!

Iemand die gebeten wordt door een zwarte mamba valt voordat hij "au" kan roepen morsdood neer!'

Er ging een golf van ontzetting door de menigte en de mevrouw op de container begon weer te krijsen.

'Kom van die container af, mevrouw,' zei de slungel ongerust, want het ding wiebelde als een schip in zware storm. 'U loopt meer kans om uw nek te breken dan om gebeten te worden door mijn slang.'

'Maar áls u gebeten wordt, tast het gif binnen enkele minuten uw hersenen en hart aan. Het verlamt uw longen en u sterft onder gruwelijke stuiptrekkingen,' somde het meisje met de rastavlechtjes behulpzaam op.

'Houd je mond, snertmeid!' schold de slungel nijdig. 'Een zwarte mamba probeert altijd eerst te vluchten. Hij valt heus niet zomaar mensen aan!'

'Krijgt iemand die gebeten is soms slijmerige schuimvlokken rondom zijn mond?' vroeg een sproeterig jochie, dat vooraan stond, belangstellend.

De mevrouw op de wiebelige container keek met uitpuilende ogen van het jochie naar de eigenaar van de slang en snauwde: 'Waarom heb je zo'n levensgevaarlijke slang laten ontsnappen, puisterige sukkel!'

'Zolang we hem niet in het nauw drijven, ís hij niet levensgevaarlijk,' probeerde de lange slungel zich te verdedigen. Hij stak de mevrouw zijn hand toe om haar naar beneden te helpen. 'Komt u nou maar!'

'U kunt net zo goed van die container afkomen, mevrouw,' sprak het meisje met de rastavlechtjes meelevend.

'Een zwarte mamba kan klauteren als de beste.'

Met een gil als een stoomfluit sprong de mevrouw pardoes in de armen van de slangenbezitter. Die hield zich wankelend staande en stotterde: 'G... goed zo, mevrouw!'

Een reus van een kerel met een roodgeblokte bloes wurmde zich door de groeiende menigte naar voren.

'Hoi Finn,' groette de reus zijn vriend. 'Megabalen dat je troetelslang ervandoor is!'

'Blij dat je er bent, Luc,' zei de lange slungel opgelucht. 'Flex, mijn zwarte mamba, zit hier ergens verstopt. Deze mevrouw hier heeft hem zien kruipen.'

'Inderdaad!' snibde de vrouw. 'Ik stond hier op lijn vierenveertig te wachten toen ik opeens iets zag bewegen! Dat vieze beest kwam uit de composthoop en gleed door het gras naar die hoop rommel daar. Hij was minstens twee meter lang!'

'Achtennegentig centimeter,' zuchtte Finn, en zachtjes zei hij tegen Luc: 'Eerst zei ze zelfs tien meter.'

Luc grinnikte en sprak toen met luide stem tot de toegestroomde mensen: 'Oké mensen, doe allemaal maar eens een stapje achteruit, dan hebben we de ruimte om die slang te vangen.'

De mensenmassa bleef als een blok staan.

'Zó ver naar achteren had nou ook weer niet gehoeven,' zei Luc opgewekt. 'Alhoewel u moet bedenken: het gaat hier om een behoorlijk gevaarlijke gifslang.'

Als één man deinsden alle toeschouwers haastig achteruit, struikelend, duwend en op elkaars tenen trappend.

'Ik zie hem!' krijste de mevrouw met de paraplu. Ze stond als aan de grond genageld. Ze wees met een trillende vinger naar de berg rommel naast de container.

De mensen rekten hun nek en het sproeterige jochie riep: 'Ik zie hem ook, dáár, onder die afgebroken groene gieter!'

Onder de kapotte gieter was inderdaad een klein, langwerpig stukje geribbeld grijs te zien. Het lag doodstil.

De lucht was opeens vol opgewonden geroezemoes.

Luc verhief zijn stem om erbovenuit te komen: 'We zullen proberen hem te pakken, maar daarbij heb ik uw medewerking nodig, dames en heren. Bedenk: die slang is banger voor u dan u voor die slang. Bij de minste trilling van de bodem is hij foetsie. Dus ik wil u vragen muisstil te zijn en zelfs niet met uw voeten te schuifelen. Mocht hij ons ontglippen en uw kant uit vluchten, blijf dan stilstaan en ga niet rennen of schoppen, want dan bijt hij!'

Griezelend keken alle mensen toe hoe Finn en de slangenman handschoenen aantrokken en voorzichtig naar de berg rommel liepen. Finn had een gevorkte stok in de aanslag en Luc hield een zak van stevige stof gespreid voor zich uit, klaar om over de slang te gooien.

50

Toen ze vlakbij waren, begon de stapel troep plotseling te bewegen. De gieter werd omhoog gewrikt en viel op zijn kant, terwijl een plastic zak erboven opbolde en begon te verschuiven. Een paar colablikjes rolden rinkelend naar beneden.

Luc sprong naar de berg en gooide de zak over de plek waar de mevrouw en het jochie de grijze slangenhuid hadden gezien. Hij deed een bliksemsnelle greep door de stof heen naar wat eronder zat en trok het met zak en al naar zich toe. Tegelijkertijd schoot er iets onder uit de stapel. Het glipte met een razende vaart tussen zijn benen door. Wat het ook was, het was grijs!

'Ik heb hem!' brulde Luc terwijl hij de zak vastklemde en snel probeerde te kijken waar de gevaarlijke kop van de zwarte mamba zat.

'Daar gaat hij!' loeide het publiek. De mensen wezen naar de grijze schicht die nu de composthoop indook. Enkele mensen begonnen te gillen en vochten zich met hun ellebogen een weg uit de massa.

'Dat was helemaal geen slang, dat was een rat!' schreeuwde het sproeterige jochie boven het tumult uit.

'Dit is geen mamba, het is ...' zei Luc beteuterd.

Hij trok de punten van de zak uit elkaar en liet met een schaapachtig gezicht een stuk oude, grijze, geribbelde tuinslang zien!

'Sukkels, ondertussen zwerft dat smerige beest hier nog steeds ergens rond!' foeterde de mevrouw met de

paraplu. Ze vloekte zo erg dat zelfs een zeeman er een
kleur van zou krijgen.

Luc Tocabroek kneep zijn ogen tot spleetjes en keek
haar wantrouwig aan. 'U weet toch wel zeker dat u dat
beest hebt zien kruipen, nietwaar?' vroeg hij.

'Natuurlijk weet ik dat zeker, jongeman,' antwoordde
de mevrouw woedend. 'Een vieze, glibberige, grijze slang
van zowat twee meter!'

'Achtennegentig centimeter,' mompelde Finn nogmaals.

In de verte rommelde het. In de hemelsblauwe lucht
begonnen zich donkere onweerskoppen te vormen.

Finn porde voorzichtig met zijn stok in de hoop rommel, terwijl Luc gespannen klaarstond met de zak.

'Krijgt die vent met die rode bloes híér al gruwelijke
stuiptrekkingen als hij gebeten wordt door die slang?'
vroeg het sproeterige jochie geïnteresseerd aan het meisje
met de rastavlechtjes. 'Of gebeurt dat pas in het ziekenhuis? Ik zou best eens iemand met gruwelijke stuiptrekkingen willen zien.'

Het zonlicht verflauwde en de lucht kleurde vuilgeel.
Een opstekende wind voerde het dreigende rommelen
van de donder met zich mee.

Opeens hadden Finns pogingen succes: er kwam een
slangenkop tevoorschijn vanachter een verroest olie-
blik! Hij wiegde langzaam van links naar rechts terwijl
de smalle gevorkte tong in en uit zijn bek flitste. Luc

reageerde razendsnel. Zijn rechterhand schoot op de slang af en hij pakte het fel sissende dier met duim en wijsvinger precies achter zijn kop. Terwijl de omstanders juichten, trok hij het dier heel voorzichtig uit de berg rommel.

Vijfendertig centimeter, vijftig, zeventig, vijfennegentig, honderdtwintig ...

'Hé Finn,' zei Luc verbluft. 'Ik heb hier veel méér slang dan achtennegentig centimeter!'

'Ik zei toch dat dat beest wel twee meter was!' schetterde de mevrouw met de paraplu triomfantelijk.

'Dat bestaat niet,' zei Finn verwonderd, 'Flex is ...'

Hij stopte en keek met grote ogen naar de slang die almaar langer en langer werd. Toen riep hij verbaasd: 'Maar dat is Flex helemaal niet!'

'Het is ook helemaal geen zwarte mamba,' merkte Luc op, terwijl hij de slang nauwkeurig bekeek. 'Dit is een ringslang. Die komen gewoon in Nederland voor, hoewel je ze steeds minder ziet.'

'Wel allemachtig ...' stotterde Finn. 'Waar is mijn zwarte mamba dan gebleven?'

Ja, waar was de zwarte mamba? De mensen bleven niet langer staan kijken hoe deze geschiedenis zou aflopen. Een felle bliksemschicht knetterde door de inktzwarte lucht als voorbode van de megahoosbui die op komst was. Binnen enkele tellen was iedereen verdwenen en lag het pleintje er verlaten bij, op Finn, Luc, de ringslang en mijn oom Tim na.

Die liep op de twee slangenliefhebbers af.

'Ik ben Tim Tango,' stelde hij zichzelf voor. 'Ik werk onder andere voor dagblad *De Nieuwe Pers*. Blijkbaar ben je de ontsnapte slang nog steeds kwijt, Finn. Zal ik er een stukje over schrijven? Daarin kan ik de lezers waarschuwen en vertellen wat ze wel of juist niet moeten doen als ze Flex vinden. Ik zou jullie telefoonnummers eronder kunnen zetten. De mensen kunnen dan bellen als ze je zwarte mamba ergens zien.'

'Als je dat zou willen doen,' zei Finn opgelucht. 'Ik zoek intussen natuurlijk gewoon verder, maar aandacht in de ochtendkrant kan nooit kwaad.'

De eerste dikke regendruppels spatten uiteen op het trottoir en opnieuw zette de bliksem alles in een helle gloed.

'Komt voor elkaar,' zei oom Tim en hij nam haastig afscheid.

Natuurlijk had hij volop plaatjes geschoten van die sensationele gebeurtenis! Terwijl het buiten onweerde, zette hij ze allemaal van zijn digitale camera op zijn computer en printte ze.

Opeens kreeg hij een briljante ingeving: misschien kon hij het raadsel van Flex' verstopplaats oplossen als hij die foto's zijn speciale behandeling gaf! Met zijn fantastische uitvinding kon hij immers de binnenkant van allerlei dingen zien, terwijl je op normale foto's alleen de buitenkant ziet.

Oom Tim ging onmiddellijk aan de slag en bekeek elke foto hoopvol terwijl die tien seconden in de ontwikkelvloeistof lag. Bij het bekijken van de foto waarop de mevrouw met de paraplu angstig boven op de afvalcontainer stond, begonnen zijn knieën te knikken.

'Néééé ...' mompelde hij vol afgrijzen.

Toen hij weer controle had over zijn benen, greep hij zijn mobiele telefoon. Hij hoopte vurig dat ze vóór de onweersbui binnen was geweest!

Toen hij me de bewerkte foto liet zien, begreep ik meteen waarom ...

Loser van de eeuw

'Ken je de roddelrubriek 'Losers' in ochtendblad *De Nieuwe Pers?*' vroeg oom Tim, toen we op een zomeravond na mijn fotoles buiten zaten met een fles cola tussen ons in.

Hij bladerde in *De Nieuwe Pers* tot hij bij de gezochte pagina kwam. Toen gaf hij mij de krant.

Ik liet mijn ogen over de tekstkolommen glijden. Daarnaast stond een grote kleurenfoto van een huilende vrouw. 'Hela, die mevrouw ken ik,' riep ik. 'Dat is Francis Laroya! Die is vorige week tweede geworden bij 'Stairway to heaven'.'

'Stairway to heaven' was het populairste televisieprogramma van het afgelopen seizoen. Het was een sterrenjacht waaraan iedereen kon deelnemen. De winnaar kreeg een miljoen euro plus de hoofdrol in een belangrijke musical. De pechvogel die tweede werd, ging met lege handen naar huis. Geen wonder dat Francis Laroya op de krantenfoto zo stond te snotteren!

Oom Tim knikte. 'Heel goed, Quintje. Dit is die arme Francis. Ik heb haar gefotografeerd voor de roddelrubriek 'Losers'.'

Hij tikte op de sensationele kleurenfoto en vertelde: 'Ik arriveerde tegelijk met de politie toen ik mijn plaatjes kwam schieten.'

'De politie?' vroeg ik verbaasd.

Oom Tim schudde meewarig zijn hoofd en zei: 'Zo'n loser als Francis Laroya heb je zelden gezien. Haar hondje ging dood, ze werd tweede in 'Stairway to heaven' en daarna werd ze ook nog eens beschuldigd van een brutale juwelenroof. Ik barstte van medelijden met haar ... totdat ik een nieuwe afdruk van deze foto in mijn speciale ontwikkelvloeistof legde.'

Hij schonk onze glazen nog eens vol, mikte er ijsklontjes in en grinnikte: 'Maar laten we beginnen bij het begin. Lees eerst die roddelrubriek maar.'

Dat deed ik. Er stond met koeienletters boven:

Francis Laroya, Loser van de eeuw!

Laurentien Huybergen, redactie

Die arme Francis Laroya ... iedereen is er getuige van geweest hoe ze net naast de hoofdrol én het miljoen greep in het populaire televisieprogramma 'Stairway to heaven'. Alsof dat nog niet genoeg was, was op de dag daarvoor ook nog haar schattige hondje Trixie doodgegaan. Bovendien werd Laroya de dag ná haar smadelijke afgang op televisie door de politie verdacht van een roofoverval! Reden genoeg voor onze redactie om pechvogel Laroya uit te roepen tot Loser van de eeuw. Wat ging er allemaal mis? 'Losers' zette het voor jou op een rijtje en laat je smullen:

Interview met Sasja Redeloos, hondenuitlaathulp van Francis Laroya:

H: Hoi Sasja, ik wil je even condoleren met het verlies van Trixie. Je moet wel erg verdrietig zijn.

R: Ja, nou ja, Trixie was natuurlijk een van de vele klantjes van mijn hondenuitlaatservice, hè? Arm beestje, ze kwakkelde al een paar weken, werd magerder en magerder. Het was voor iedereen duidelijk dat ze zó ziek was, dat ze wel vlug zou doodgaan.

H: Het kwam wel erg ongelukkig uit dat Trixie precies één dag voor de finale van 'Stairway to heaven' doodging. Zou het de concentratie van Francis hebben beïnvloed, denk je?

R: Zou niet vreemd zijn, hè? Maar ja, echte professionals mogen zich natuurlijk niet zo vlug van de kook laten brengen.

H: Professionals inderdaad niet, Sasja. Alleen losers hebben daar last van. Zeg, je vertelt dat Trixie steeds magerder werd, maar op deze foto vind ik haar juist best opgezwollen. Onze fotograaf heeft 'm de dag na de finale gemaakt. Enig idee wat Trixie voor ziekte had?

R: Geen flauw idee. Ik geloof dat niemand dat wist; ook de dierenarts niet. Anders had hij haar misschien nog wel kunnen genezen met een operatie of medicijnen. Maar ... ja, nou je het zegt: op deze foto ziet ze er wel erg opgezwollen uit, hè? Arm beestje, ik ben blij voor haar dat ze uit haar lijden is verlost.

Interview met Carmen Bellisimo, eigenares van de exclusieve modezaak waar Francis Laroya haar kleding koopt:

H: Goedemorgen mevrouw Bellisimo. Hartelijk dank dat u even tijd voor mij heeft willen vrijmaken. Uw cliënte, Francis Laroya, heeft tot ontzetting van vele fans de finale van 'Stairway to heaven' verloren. Heeft de kleding die ze droeg daarbij een rol gespeeld, denkt u?

B: Absoluut niet, mevrouw ... eh ... Huybergen. Ik neem dit op als een misselijke beschuldiging! Wij hebben juffrouw Laroya zeer deskundig kledingadvies gegeven. Haar hele outfit was spiksplinternieuw, en ik mag wel zeggen dat ze er betoverend uitzag.

H: Toch heeft ze de jury niet betoverd ...

B: Dat heeft vast aan andere kwaliteiten gelegen, mevrouw. U mag gerust weten dat haar ellendige verlies ons modehuis net zo hard treft als juffrouw Laroya zelf!

H: Hoezo, mevrouw Bellisimo?

B: Er wordt gefluisterd dat juffrouw Laroya nogal wat schulden heeft. De bank zou zelfs haar huis al hebben opgeëist, maar die was bereid te wachten op de uitkomst van 'Stairway to heaven'. Ook bij ons staat er nog een enorme rekening open. De eerste prijs van die sterrenjacht zou haar beslist uit de penarie geholpen hebben.

H: Dus Laroya is een nog grotere loser dan alom wordt gedacht ...

B: Dat zijn uw woorden!

Interview met de heer L. de Rover van de bank waarmee Francis Laroya zakendoet:

H: Is het waar, meneer De Rover, dat uw bank het huis van mevrouw Laroya heeft opgeëist, omdat haar schulden haar volledig boven het hoofd zijn gegroeid?

R: Geen commentaar.

Interview met de heer L. Bovenkamp, de juwelier die slachtoffer was van de roofoverval waarvan Francis Laroya werd verdacht:

H: Goedemiddag, meneer Bovenkamp. Bent u al een beetje bekomen van de schrik?

B: Dat is niet gemakkelijk, mevrouw. Een gewapende overval gaat je niet in de koude kleren zitten!

H: Wat heeft de overvaller precies buit gemaakt?

B: Gouden horloges, trouwringen, diamanten, bijzondere halskettingen, zeer exclusieve oorhangers ... alles bij elkaar met een waarde van enkele miljoenen!

H: Kunt u nogmaals beschrijven hoe die brutale roofoverval precies heeft plaatsgevonden?

B: Ze zeggen dat erover vertellen helpt ... Vooruit dan: ik stond die maandagochtend te praten met een klant over de opwindende finale van 'Stairway to heaven' die de avond tevoren op televisie was geweest, toen de winkelbel rinkelde. Toen ik opkeek, wist ik meteen dat het foute boel was. Er kwam een griezelfiguur binnen met een bivakmuts over zijn hoofd, die schreeuwde: 'Handen omhoog en onmiddellijk gaan liggen!' Even meende ik een stem te horen van een vrouw die probeerde een man te imiteren. Maar daarna was ik zo ontzettend bang dat ik nergens meer op gelet heb.

H: U heeft een geweldig dappere poging gedaan om de overvaller te ontmaskeren ...

B: Zeg liever: een oerstomme poging. Terwijl wij op de plavuizen lagen, sloeg die schurk alle vitrines aan diggelen met een klauwhamer. Hij graaide er zoveel mogelijk kostbaarheden uit en propte ze in een plastic tasje. Toen dat bijna vol was, gleed die kerel uit over de glasscherven. Hij struikelde over een krukje en kwam vlak bij mij op de grond terecht. Ik graaide in een reflex naar zijn bivakmuts en probeerde die van zijn hoofd te trekken.

H: Dat moest u bekopen met een gebroken neus.

B: Inderdaad, ik kon de muts helaas maar half van zijn hoofd trekken. Toen slaagde die vent erin hem vast te grijpen en omlaag te trekken. Met zijn andere hand verkocht hij me een geweldige oplawaai midden in mijn gezicht. Het bloed spoot uit mijn neus!

H: Dat leverde de politie een prachtige voetafdruk van de overvaller op!

B: Ja, toen die snertkerel vluchtte, stapte hij midden in de bloedplas. De politie ontdekte tussen de glasscherven en andere rotzooi ook een oorknopje dat ik niet herkende. Om een mij onbekende reden moesten ze toen aan Francis Laroya denken. U weet wel, die …

H: Die mevrouw die gisteren tweede werd bij 'Stairway to heaven', ik begrijp wie u bedoelt. Ze heeft wel enorm veel tegenslag, vindt u niet? We willen haar uitroepen …

B: Maar volgens mij is dat spoor doodgelopen. Ik vond het ook al zo vreemd, die aardige vrouw, ik ben een supergrote fan!

Exclusief interview met hoofdinspecteur Sanders, de rechercheur die het onderzoek leidt naar de brutale juwelenroof:

H: Hoofdinspecteur, kunt u onze lezers vertellen waarom u in eerste instantie dacht aan Francis Laroya als dader van de juwelenroof bij juwelier Bovenkamp? Die arme vrouw had het al zwaar genoeg te verduren met haar afgang in de finale van 'Stairway to heaven', de avond ervoor.

S: Om te beginnen leek het erop dat we met een vrouwelijke dader te maken hadden, vermomd als man. Juwelier Bovenkamp vermoedde dat hij een vrouwelijke stem hoorde. Toen hij probeerde de bivakmuts van het hoofd van de overvaller te trekken, verloor die een oorknopje. Dat hebben we later teruggevonden tussen de glasscherven van de vitrines. De juwelier wist heel zeker dat het geen oorknopje uit zijn collectie was.

H: Kom, hoofdinspecteur, honderdduizenden mannen dragen tegenwoordig een oorknopje! Waarom denkt u dan meteen aan Francis Laroya?

S: Mijn wakkere rechercheur Bouma wist opeens dat ze dat oorknopje al eens eerder gezien had. Francis Laroya droeg het tijdens de finale van de sterrenjacht!

H: Kan het niet een oorknopje zijn, dat er veel op lijkt?

S: Dat is natuurlijk mogelijk, maar toen bleek dat mevrouw Laroya ook een motief had, zijn we toch dieper gaan graven.

H: Wat was dat voor motief, hoofdinspecteur? Kunt u daar iets over zeggen?

S: Weet u hoeveel geld zij misliep, toen ze op de tweede plaats eindigde? Een miljoen euro! En dat terwijl mevrouw Laroya tot over haar oren in de schulden zat ... Ze had maar één kans om er op een fatsoenlijke manier bovenop te komen: ze moest de sterrenjacht winnen.

H: En u dacht: de fatsoenlijke manier werkte niet, dus zal ze wel voor een ónfatsoenlijke manier gekozen hebben en een juwelier beroven?

S: Leer mij de mensen kennen, mevrouw Huybergen. Ze maken gekke bokkensprongen. Wat zou ú doen om te voorkomen dat u dakloos zou worden?

H: Er moeten toch nog meer aanwijzingen zijn geweest voordat u besloot op Laroya af te gaan?

S: Zeker, de overvaller liet een fantastische voetafdruk achter in een plas bloed. En, alweer heel toevallig, kwam die overeen met zowel het merk als de maat

schoenen die mevrouw Laroya tijdens de finale droeg ...
Alleen zat in de zool van déze schoen een gaatje, terwijl
mevrouw Laroya splinternieuwe droeg tijdens haar op-
treden.

H: Dat was ook zo. Dat heeft mevrouw Bellisimo
van de modezaak waar Francis haar kleding en schoenen
kocht me zelf verteld.

S: Hmmm, het lijkt er intussen ook sterk op dat we
op het verkeerde spoor zijn gaan zoeken. Twee uur na
de juwelenroof stonden we al bij mevrouw Laroya op
de stoep, toevallig precies tegelijk met een kerel die haar
voor een of andere krant kwam fotograferen.

H: Dat was onze fotograaf, Tim Tango.

S: Wel, dan weet u precies hoe mevrouw Laroya
eraan toe was toen ze de voordeur opendeed: ze huilde
tranen met tuiten. Haar hondje was na een slopende
ziekte doodgegaan en ze stond op het punt om het in
haar tuin te begraven. Toch wilde ze onze vragen wel
beantwoorden en mochten we vrij rondkijken in haar
villa.

H: Dat was sympathiek van haar.

S: De vraag was: had ze niets te verbergen of deed ze
maar alsof? Toen wij haar vroegen om even te mogen kijken naar de kleding die ze tijdens de finale van 'Stairway
to heaven' droeg, kreeg ze een kleur. Zachtjes zei ze dat
ze meteen na de uitzending alles in een vlaag van woede
had verbrand.

H: Dat kan ik me best voorstellen. Hebt u wel iets

van de buit kunnen terugvinden?

S: Terwijl zij haar hondje begroef, hebben we alles, alles, álles in de omgeving van mevrouw Laroya uitgekamd, maar we hebben geen spoor gevonden van de juwelen. Ze moet wel onschuldig zijn.

H: Misschien heeft de dader wel met opzet dezelfde spulletjes gebruikt als Francis Laroya in de finale. Dat soort dingen overkomt echte losers constant, weet u. Dank u wel voor dit interessante interview, hoofdinspecteur.

Interview met Renate van Brussel, winnares van 'Stairway to heaven':

H: Heerlijk aan het genieten van je overwinning, Renate?

B: Inderdaad. Ik heb het ook verdiend, vind je niet? Ik was met flinke voorsprong de beste!

H: Vond je niet dat Francis Laroya ook een goede kans maakte?

B: Laat me niet lachen! Heb je haar hoge C gehoord in het liedje 'Luizige Loodje'? Mijn kat zingt nog beter. Bovendien had die kneuzige Francis een knots van een puist naast haar neus! Vast te veel chocola gevreten. Neem me niet kwalijk, maar een puist kun je gewoon wegwerken met make-up, hoor. Als je dat zó slecht doet als zij gedaan had, verdien je gewoon geen hoofdrol. Theaterpubliek wil graag iets smakelijkers om tegenaan te kijken, hahaha.

H: Zoals jouw persoontje, bijvoorbeeld?

B: Precies! Heb je mijn megakorte glitterjurkje ge-zien in de finale? Heel wat anders dan het superbrave bloesje dat Laroya aanhad. Wedden dat ze het zelf in elkaar had geflanst? Ze is reuzehandig met naald en draad, weet je. Ze hecht allerlei bloederige wonden op de EHBO-post in het ziekenhuis. Een kennisje van mij werkt daar ook en vertelde laatst dat die meid ontzettend goed kan hechten: je ziet helemaal niets van haar naai-werk! Ach, iedereen is wel ergens goed in, toch? Maar niet iedereen is een ster, zoals ik!

H: Francis is korte tijd verdacht geweest van een roof-overval op een juwelier. Acht je haar daartoe in staat?

B: Wie, dat losertje? Laat me niet lachen! Francis is een angsthaas. Ze had beter bij haar verbandkraam in het ziekenhuis kunnen blijven. Die meid begon al ze-nuwachtig met haar ogen te knipperen als ik een beetje vals naar haar keek. Ik heb haar zo onzeker gemaakt, dat ze in de finale struikelde over haar eigen veter, hahaha! En stel je voor: terwijl ze een krampachtige hinksprong maakte om overeind te blijven, trapte ze in een spijker, hahaha!

H: Je kunt je waarschijnlijk wel vinden in het besluit van onze krant om Francis Laroya te benoemen tot Lo-ser van de eeuw?

B: Precies in de roos! Hahahahahaha!

Ja, dat denkt iedereen. Maar toen oom Tim me de behandelde foto liet zien, hoefde hij verder niets meer te zeggen. Francis Laroya is geen loser, maar eerder een supergehaaide tante!

Handen tekort

Op een herfstavond liet oom Tim me een foto van een mevrouw zien. Ze lachte vrolijk naar de camera. Ik geloofde niet dat aan deze leuke foto ook een gruwelijk griezelverhaal vastzat.

'Nou, luister dan maar eens even,' zei oom Tim.

En terwijl de vlammen van het haardvuur spookachtige schaduwen op de muur wierpen, begon hij met donkere stem te vertellen:

Begin oktober moest ik voor een grote foto-opdracht naar het buitenland. Ik laadde een rugzak vol kleren en een koffer vol fotoapparatuur in mijn auto en vertrok goedgehumeurd. Met een beetje mazzel kon ik vóór het vallen van de avond met mijn opdrachtgever aan een van zijn beroemde diners zitten.

Maar net voorbij de grens begon het te stortregenen en door het slechte zicht, het spiegelgladde wegdek en de ellenlange files vertraagde mijn lekkere tempo op de snelweg tot dat van een zieke schildpad. Toen ik eindelijk via een binnendoorweggetje weer met flinke snelheid de bergen inreed, begon het al te schemeren en ik was nog lang niet bij mijn eindbestemming. Gelukkig schoot ik beter op, want ook al stond er geen enkele lantaarnpaal op de smalle bergweg, er reed niemand en ik kon flink doorsjezen.

Plotseling hoorde ik een ontzettende knal en begon mijn auto wild heen-en-weer te slingeren! Geschrokken zette ik de wagen stil en sprong eruit, de gutsende regen in. Ook dat nog: mijn rechtervoorband was aan flarden!

Er zat niets anders op dan hem te verwisselen. Een nijdige wind probeerde me het ravijn in te blazen, terwijl ik worstelde met de krik en het reservewiel. Vóórdat ik het reservewiel eindelijk op de wielas had weten te wurmen, was het aardedonker geworden. Op de tast stak ik de bouten in hun gaten. Ik was helemaal doorweekt en mijn vingers waren verstijfd door de ijskoude regen en de striemende wind. Met mijn gevoelloze duim en wijs-vinger pakte ik de derde bout van het wegdek, probeerde hem op zijn plaats te schuiven en ... liet hem vallen! Ik hoorde hem met een metalige tik op het asfalt terecht-komen en wegrollen. Jammerend tastte ik het wegdek af, maar natuurlijk was dat stomme ding onvindbaar.

Gelukkig heb ik altijd een zaklamp voor noodgeval-len achter in de kofferbak liggen en ik trok de klep open. Toen ik de lamp wilde aanklikken, vloekte ik verbijsterd: hij deed het niet! Verslagen leunde ik tegen de auto.

Als de nood het hoogst is, is de redding nabij. Terwijl ik daar druipend en ten einde raad stond, zag ik in de verte voor me uit, hoger op de berghelling, een lichtje branden. Een huis! Ik veerde op, graaide – hoewel ik in dit beestenweer nauwelijks dieven verwachtte – mijn kostbare fotokoffer uit de auto, deed de portieren op slot en beende door de stromende regen in de richting van het lichtje.

Om er te komen moest ik halverwege van de weg af, een smal, modderig paadje op. Hijgend klauterde ik ho-ger en hoger, de ene haarspeldbocht na de andere ron-dend, totdat ik ten slotte verrast omhoog staarde naar de poort van een eeuwenoud, verweerd kasteel. Het licht dat ik gezien had, straalde uit een raam in de westelijke toren en zette de koperen weerhaan op het dak in een spookachtig schijnsel.

Toen ik van mijn verbazing bekomen was, rukte ik flink aan de bel en wachtte. Bij zo'n deftig kasteel had ik een deftige butler verwacht die de deur opendeed. In plaats daarvan stond er opeens een vrouw voor mijn neus die medelijdend uitriep: 'O ... u bent drijfnat! Kom gauw binnen voordat u een kolossale kou te pakken hebt!'

Ik stapte dankbaar de hal binnen, nieuwsgierig rondkijkend. Het meubilair, de verschoten vaandels aan de muren, de kroonluchters en de met boenwas gewreven bordestrap zagen er allemaal ouderwets uit, net als de hartelijke vrouw. Ze deed de deur achter me dicht waardoor het geplens van de regen plotseling verstomde.

Het was moeilijk te schatten hoe jong of oud ze was. Ze droeg kleren die lang geleden modieus geweest waren. Ze had een donkerrode zijden sjaal om haar hals geslagen, die haar glanzende bruine haren prachtig deed uitkomen. Met een glimlach op haar knappe gezicht stak ze haar hand uit en stelde zich voor: 'Nora van Rovelaer, welkom.'

'Tim Tango,' zei ik. 'En ik voel me geen u, zeg maar gewoon jij tegen me.'

We schudden elkaar de hand waarbij de druppels van mijn doorweekte mouw in het rond vlogen.

'Dat is prima, maar dan ben ik ook jij,' zei Nora van Rovelaer met pretlichtjes in haar mooie blauwe ogen.

'Eh ... nou wordt het wel erg ingewikkeld, geloof ik,' grinnikte ik, en we lachten allebei.

'Je moet gauw die kliedernatte kleren uittrekken,' zei

Nora, en ze nam me mee naar boven.

'Je kunt zolang de kleren van de oude baron wel aantrekken, dan kunnen de jouwe drogen en ondertussen eten we wat.'

'Heeft de baron ze zelf niet nodig?' vroeg ik, verlegen door zoveel gastvrijheid. Ik wilde eigenlijk alleen maar een zaklamp vragen!

Nora giechelde en antwoordde: 'Hij ligt al meer dan honderd jaar op het kerkhof, dus ik verwacht van niet.'

'Sorry,' stotterde ik.

'Waarom sorry? Ik heb die goeie ouwe baron nooit gekend, ik weet alleen dat dit kasteel van hem geweest is.'

Ze streek zuchtend over de trapleuning die vervaarlijk schudde, terwijl we verder naar boven liepen.

'Er moet zoveel vervangen en gerepareerd worden in dit prachtige familiebezit, maar ik heb een drukke baan als chirurg en kom handen tekort.'

Boven aangekomen opende de kasteeleigenares een zware deur en knipte het licht aan in de kamer erachter.

'Kijk, Tim, in die kledingkast vind je kleren van de overleden baron. Zijn kamer is door de jaren heen ongemoeid gelaten. We verwisselen alleen de mottenballen tussen zijn kleren en dekens. Als je een handdoek nodig hebt of een lekker warm bad wilt nemen: de deur tegenover het voeteneinde van het hemelbed leidt naar de badkamer.'

Anderhalf uur later zat ik heerlijk warm, in lachwekkend ouderwetse, maar droge kleren en met een volle maag voor een knapperend haardvuur. Ik wist dat ik dadelijk weer naar buiten moest om in de stromende regen het verwisselen van mijn autoband af te maken, want ik moest nog een fors eind rijden en het was inmiddels al zeven uur. Maar ik kon de moed niet vinden me uit mijn luie leunstoel te hijsen. Ik hoopte stiekem dat mijn eigen kleding nog lang kleddernat zou blijven.

'Je blijft toch nog wel eventjes?' vroeg Nora, alsof ze mijn gedachten kon lezen.

Ze plukte aan haar bijzondere, donkerrode sjaal en pruilde: 'Ik ben juist zo verheugd eens gezelschap te hebben in dit saaie kasteel.'

'Woon je hier helemaal alleen?' vroeg ik belangstellend.

'Als je de geestverschijningen van mijn voorouders niet meetelt, ja,' lachte ze.

Vervolgens moest ze nog harder lachen om mijn verschrikte gezicht en proestte: 'Kom op, Tim Tango, je gelooft toch zeker niet dat spoken bestaan? Er doen over dit kasteel allerlei wilde verhalen de ronde, maar het zijn natuurlijk allemaal verzinsels en bakerpraatjes.'

'Wat voor verhalen?' vroeg ik gretig. Ik greep elke strohalm aan om nog wat langer bij dit heerlijke haardvuur te kunnen blijven zitten!

Een fijn glimlachje trok over het gezicht van Nora en ze zei: 'O, het bergvolk is er bijvoorbeeld van overtuigd dat mijn familie en ik nakomelingen van Frankenstein zijn. Ze mijden ons als de pest.'

'Frankenstein?'

'Ken je dat verhaal niet? Het is prima geschikt voor een stormachtige winteravond, wanneer de wind woedend om de torens huilt en de regen in vlagen tegen de ramen klettert.'

'Zoals nu,' grinnikte ik.

Nora knikte en begon te vertellen. 'Volgens de mensen in de omringende dorpen zou lang geleden de geleerde baron Victor Frankenstein in dit kasteel gewoond hebben. Hij zocht naar een manier waarop hij levenloos materiaal tot leven kon wekken om zo een vriend en metgezel te scheppen. Geen wonder, want wie in z'n eentje in dit kasteel woont, gaat vanzelf naar gezelschap verlangen!'

'Er staat niet elke avond een druipende fotograaf op de stoep,' grinnikte ik.

'Nee, en zeker niet zo'n leuke,' zei Nora met een ondeugende knipoog. 'Pas maar op: je hebt zulke mooie, sterke handen dat ik je misschien wel houd om te helpen met de restauratie!'

'Ik zou niets liever willen maar ik moet me helaas naar een belangrijke klus een kilometer of tweehonderd verderop haasten.'

Nora schudde spijtig haar hoofd en vervolgde: 'Nu wordt het verhaal luguber, kun je daar tegen? Victor Frankenstein gebruikte voor zijn onderzoek lichaamsdelen van ... lijken! Die groef hij op uit de graven op het kerkhof lager op de berg. Hij zocht de mooiste stukken uit en naaide die aan elkaar.'

'Jakkes!' riep ik vol walging.

Nora grinnikte en zei: 'Dat was toch slim bekeken, of niet soms? Een mens heeft behalve zijn uiterlijke tekortkomingen altijd wel een of twee schoonheden, zoals zijn ogen of zijn schouders. Door de mooiste stukken uit te zoeken en met elkaar te combineren, creëerde Frankenstein de volmaakte mens.'

Plotseling bedacht ze iets en proestte: 'Natuurlijk bleef je altijd wel de stiksels zien, met hoeveel zorg de arme baron zijn naald en draad ook hanteerde.'

'Houd toch op,' zei ik met een grijns en opeens herinnerde ik mij een plaatje uit een stripboek dat ik ooit had gelezen. Ik ging met mijn vinger langs een denkbeeldige lijn over mijn voorhoofd en zei: 'Vooral dat stiksel over zijn hoofd is beroemd, toch? En natuurlijk die twee ijzeren bouten die aan weerszijden uit zijn hals steken!'

'Ja, die ook! Toen Frankenstein alle delen keurig netjes aan elkaar geprutst had, was het geheel natuurlijk nog steeds een lijk, maar daar had hij iets op bedacht. Met de stroom van een gigantische onweersbui die hij via een koperen staaf op het dak zijn laboratorium in leidde, wilde hij van het lijk een levend mens maken!'

Ze stopte even en zei nadenkend: 'Volgens de plaatselijke bevolking lag dat laboratorium in een kelder onder de westelijke toren, maar ik heb het nooit kunnen vinden. Hoe dan ook, een enorme blikseminslag wekte Frankensteins schepping tot leven ... maar in plaats van de mooiste mens die je je kunt voorstellen, was het een monster geworden!'

'Het monster van Frankenstein!' fluisterde ik. 'Enne ... zwerft dat volgens de plaatselijke bevolking nog steeds rond in het kasteel?'

Ik hoorde ergens een deur kraken en schrok op.

'Dat is de wind!' schaterde Nora.

Toen ze uitgelachen was, vertelde ze verder: 'Dat arme monster verschilde eigenlijk niet zoveel van de mensen. Op een dag vroeg hij aan Frankenstein of hij een vrouw voor hem wilde maken. En ook al was het monster een teleurstelling voor de baron geworden, toch begon hij aan een vrouw.'

'Dan hoop ik voor die vrouw dat ze een stuk knapper was dan het monster uit het eerste experiment,' zei ik medelijdend.

'Daar hoor je verschillende verhalen over,' vertelde Nora. 'Sommige mensen zeggen dat Frankenstein zijn tweede experiment halverwege afbrak omdat hij bang was dat de vrouw een kwaadaardig wezen zou worden, dat anderen pijn zou doen. Maar andere tongen beweren dat ze het grootste succes uit zijn loopbaan is geworden! Ze zou een grote schoonheid met glanzende bruine haren en stralende blauwe ogen zijn geworden, en even handig en slim als Frankenstein zelf.' Nora lachte. 'Oefening baart kunst, zeggen ze. Er zouden zelfs nauwelijks stiksels te zien zijn geweest op de plaatsen waar Franken-stein de verschillende delen van haar lichaam aan elkaar genaaid had.'

'Wat grappig dat jij chirurg bent geworden,' lachte ik. 'Als Victor Frankenstein werkelijk jouw voorouder is geweest, heb je vast en zeker zijn talent geërfd!'

Nora stond op en pakte een karaf rode wijn en twee kristallen glazen van het buffet aan de andere kant van de zitkamer.

'Ik moet vanavond nog verder rijden,' protesteerde ik. 'Liever geen wijn, dankjewel.'

'Och kom, één glaasje kan geen kwaad,' zei Nora en ik hoorde de wijn in de glazen klokken. Even later zette ze een glas op het tafeltje naast mijn leunstoel.

'Anders blijf je gewoon een nachtje slapen. Morgen-ochtend is het vast niet zulk hondenweer meer. Dan ver-wissel je die autoband verder en leg je het laatste gedeelte van je reis in een ommezien af.'

Dat was een heel verleidelijk aanbod. Ik wilde daar best over nadenken, maar ik besloot voor de zekerheid toch geen wijn te drinken. Ik bedacht dat ik, als ik zou blijven logeren, het hele kasteel zou kunnen bezichtigen en fotograferen. Ik keek naar de gebeeldhouwde mu-ren, de donkere, verweerde dakbalken en de prachtige schouw en vroeg: 'Je doet die hele restauratie toch zeker niet in je eentje?'

'Helaas zijn er maar weinig mensen die me kunnen

helpen,' zei Nora, terwijl ze van haar wijn nipte. 'De schaarse familieleden die ik nog heb, zijn stokoud en de mensen uit de omgeving zijn allemaal te bang. Ze beweren dat het hier in het kasteel niet pluis is. Ik heb wel het geluk dat soms een oude achteroom me zijn deskundige oog leent voor het precisiewerk.'

In het flakkerende schijnsel van het haardvuur leek de glimlach waarmee ze dat vertelde een duivels trekje te hebben. Ik dacht aan het lugubere verhaal van Frankenstein en voelde een koude rilling. Ik zag al voor me hoe ze neuriënd het deskundige oog van haar achteroom met kleine steekjes in de holle kas van een uit zijn graf geroofd lijk vastnaaide!

Nora boog voorover, pakte mijn handen en streelde ze.

'Als ik jouw sterke handen zou mogen lenen ... ik vertelde al dat ik nog minstens een paar te kort kom.'

'Ik heb mijn handen zelf nodig!' riep ik schril en trok ze met een ruk terug.

Nora schaterde van het lachen. 'Je zou je eigen gezicht eens moeten zien! Zeg, ik heb alleen maar een verháältje verteld. Er is natuurlijk geen woord waar van die geschiedenis! Of denk je soms dat ik beneden in een oud laboratorium op de goeie ouwe Frankenstein-manier weer een lijk in elkaar heb geknutseld en alleen nog een paar geschikte handen nodig heb?'

Ik voelde het bloed naar mijn gezicht kruipen en Nora lachte nog harder. 'Dat zou pas een goede oplossing zijn voor mijn problemen met werkkrachten voor de restauratie van het kasteel. Ik ga ze gewoon zelf maken!'

Plotseling zette een lichtflits de kamer in een helwitte gloed en een fractie van een seconde later deed een krakende donderslag de vloer dreunen. Onweer!

Nora sprong overeind en juichte met kwaadaardig schitterende ogen en bloedstollende stem: 'Hoera! Dit is het perfecte weer om mijn lijken tot leven te wekken!'

Ze was nog niet uitgesproken of er klonk een daverende bons en haar donkerrode sjaal wapperde woest in een plotselinge tochtvlaag.

Ik deinsde achteruit en probeerde tegelijkertijd te vluchten. Daardoor viel ik met stoel en al achterover. Met bonkend hart krabbelde ik overeind, onderwijl kijkend naar Nora die dubbelsloeg van het lachen.

'J-j-je had actrice moeten worden in plaats van chirurg,' stotterde ik. 'Alle duivels, jaag je je patiënten ook zo de stuipen op het lijf? Wat was die bons?'

'Dat gebeurde toevallig,' schaterde Nora, en ze wees op de raampjes in de dikke kasteelmuur. Die waren allemaal voorzien van stevige houten luiken, in tegenstelling tot de twee grotere ramen die waarschijnlijk ooit bij een modernisering waren gemaakt.

'De storm heeft een luik opengerukt. Ik denk dat het raam niet goed dicht heeft gezeten.'

Nora klauterde behendig op een stoel, graaide naar het klapperende luik en trok het dicht. Toen sloot ze met een snelle beweging het raam, terwijl buiten de donder dreigend rommelde.

'Gelukkig is de vensterruit niet kapot gewaaid,' zei ze. 'Tim, de storm wakkert nog steeds verder aan en het onweert en regent verschrikkelijk. Je gaat in dit beestenweer toch niet verder de bergen in? Blijf alsjeblieft hier overnachten!'

Ze hoefde eerlijk gezegd niet veel moeite te doen om me over te halen. Ik had na alle griezelverhalen niet de minste zin om daarbuiten in het pikkedonker rond te dwalen, zoekend naar mijn auto!

'Hartstikke graag, Nora,' zei ik. 'Maar dan wil ik iets teruggeven. Wat denk je van een mooie portretfoto voor boven de schoorsteenmantel? Ik heb mijn koffer met fotoapparatuur bij me, dus ik zou hem meteen kunnen maken.'

Dat vond Nora een fantastisch voorstel en het volgende uur besteedden we aan het maken van portretfoto's. Nora voor de schouw, Nora op de bordestrap, Nora naast een voorvaderlijk harnas ... er waren volop schitterende plekjes in het kasteel!

Ze keek mee op het venstertje van mijn digitale fototoestel om het resultaat te keuren en was er verrukt over.

'Daar wil ik dolgraag een afdruk van hebben,' zei ze terwijl ze er eentje aanwees.

'Ik print hem vanavond nog,' beloofde ik. 'Nu wil ik graag mijn bed opzoeken, als je het goedvindt. Het is een lange, vermoeiende dag geweest en ik mag morgen niet te laat aankomen bij mijn opdrachtgever. Morgenmiddag beginnen de fotosessies.'

'Ik zal je slaapkamer wijzen,' zei Nora. Ze wees op mijn kristallen glas rode wijn dat nog steeds onaangeroerd op het tafeltje stond. 'Die kun je nu gerust opdrinken. Je hoeft niet meer te rijden, vanavond. Neem hem maar als slaapmutsje mee naar boven.'

Ik was bang dat ze me naar de slaapkamer van de oude, overleden baron zou brengen, maar gelukkig wees ze me een kleine, comfortabele slaapkamer verderop in de gang. Ze schudde mijn hand en wenste me welterusten. Verbeeldde ik het me of hield ze mijn hand echt een paar seconden langer vast dan nodig was? Het flikkerende licht van de bliksem vertekende alles en wierp afschrikwekkende schaduwen op de donkere muren. Over Nora's vriendelijk glimlachende gezicht leek even een gretige, verlangende trek te glijden. Toen rommelde de donder en zag ik haar glimlach weer.

'Welterusten, Tim,' zei ze, mijn hand loslatend. 'Vergeet je wijnglas niet leeg te drinken; dan zul je slapen als een marmot.'

'Welterusten,' groette ik terug.

Toen de deur achter me was dichtgevallen, liet ik me op het verende matras van het hemelbed zakken. Ik klapte mijn laptop open en installeerde de kleine printer. Ik printte de kleurenfoto die Nora uitgekozen had en legde hem op mijn nachtkastje. Met mijn kleren aan ging ik onder de wollen dekens liggen en viel, nog voordat mijn hoofd het hoofdkussen raakte, in een diepe slaap. Die wijn kon me gestolen worden.

Het was al middernacht geweest, toen ik wakker werd van een harde dreun. Het onweerde nog steeds, maar het was niet de donder die me gewekt had. Ik bleef doodstil liggen luisteren in het donker. Daar was het gedreun weer!

Opeens herkende ik het geluid: het luik voor het kleine raam in de zitkamer was opnieuw opengewaaid en werd door de wind tegen de kasteelmuur geslagen. Ik voelde me loodzwaar en doodmoe, maar ik herinnerde me Nora's woorden over hoe blij ze was dat de ruit niet was stukgegaan. Slaapdronken sleepte ik me uit het hemelbed om het klapperende luik nogmaals te sluiten.

Het was aardedonker en ijskoud in de gangen van het eeuwenoude kasteel. Ik bewoog me langzaam op de tast voort, met één hand contact houdend met de muur. Het joelen van de stormwind om de kasteeltorens klonk alsof er een legertje geesten huilend en jammerend omheen zweefde. Toen ik een eindje verderop een flikkerend lichtje de trap af zag dansen, dacht ik dat mijn verbeelding helemaal op hol was geslagen.

'Spoken en geesten bestaan niet, Tim Tango,' herhaalde ik Nora's woorden van eerder die avond.

Ik wreef mijn ogen uit, kneep mezelf en keek weer. Het flikkerende lichtje was er nog steeds. Het was intussen onder aan de trap beland en zweefde nu een gang in, naar de westelijke toren.

Bijna gehypnotiseerd volgde ik het, ervoor zorgend dat ik geen enkel geluidje maakte.

Bij de toren aangekomen, bleef het lichtje een tijdje stilhangen. Misschien was het ergens neergezet? Door wie? Ik hoorde geknars van roestige scharnieren en vervolgens een gedempte bons van hout op steen. Toen begon het lichtje weer te bewegen, naar beneden ditmaal.

Ik bleef een poosje wantrouwend staan nadenken. Wat gebeurde daar allemaal? Blijkbaar had iemand een luik in de vloer geopend en was daaronder iets de moeite waard om in het holst van een stormachtige, stikdonkere nacht te bezoeken. Een ruimte onder de westelijke toren ...

'Misschien het laboratorium van Victor Frankenstein,' mompelde ik onwillekeurig, me de kletspraatjes van de mensen uit de omgeving van het kasteel herinnerend.

Ik snoof van minachting om mezelf en wilde me al omdraaien om mijn warme bed weer op te zoeken. Wie anders dan kasteelvrouw Nora kon hier aan het ronddwalen zijn? En ik hoefde me niet met Nora's zaken te bemoeien! Misschien bevond zich daar een kantoor en deed ze haar boekhouding omdat ze niet kon slapen.

Toen klonk opeens boven alle geluiden van het rumoerige onweer uit een geluid dat door merg en been ging. Mijn nekhaartjes gingen rechtovereind staan. Ergens daar beneden werd een mes geslepen!

Mijn hart maakte een sprong, stopte drie tellen en begon toen zo heftig te bonken dat ik bang was dat ik ter plekke dood zou neervallen. Het klamme zweet brak me aan alle kanten uit. Ik zag Nora weer naar me toebuigen en glimlachend zeggen: 'Ik kom nog een paar handen tekort ...'

Met een misselijk gevoel draaide ik me om en holde met drie treden tegelijk de trap op, terug naar mijn veilige slaapkamer.

Bevend zakte ik op mijn hemelbed en probeerde mijn rondtollende gedachten te ordenen. Ik gluurde naar het wijnglas, terwijl Nora's woorden in mijn hoofd rondspookten: 'Vergeet je wijnglas niet leeg te drinken, dan zul je slapen als een marmot.'

Slapen als een marmot, zodat de erfgenaam van Frankenstein ...?

'Doe niet zo belachelijk, Tim Tango!' sprak ik mezelf streng toe. 'Frankenstein bestaat niet. Het monster van Frankenstein heeft nooit bestaan. De vrouw van het monster van Frankenstein bestaat niet, en het is klinkklare onzin dat bliksem lijken tot leven zou kunnen brengen!'

Hierna voelde ik me iets beter, maar toen zette een bliksemflits mijn kamer in een helle gloed en juist voordat de donder dreunde, meende ik sluipende voetstappen op de overloop te horen.

Doodsbang sprong ik uit bed, rende naar een eikenhouten commode en begon het loodzware ding naar de deur te schuiven. Toen het geluid van de brullende donder eindelijk wegstierf, stopte ik een ogenblikje hijgend om te luisteren. Het was doodstil aan de andere kant van de kamerdeur. De voetstappen op de overloop moesten verbeelding zijn geweest. Of stond daar iemand, net als ik, bewegingloos te luisteren?

Ik durfde niet te kijken.

Plotseling kreeg ik een idee. Met een half oog op de deur gericht haalde ik een reisset uit mijn fotokoffer: een kleine plastic spoelbak en een paar flesjes chemicaliën. Zo snel ik kon, mengde ik mijn speciale ontwikkelvloeistof. Ik griste met trillende vingers Nora's portretfoto van mijn nachtkastje en dompelde hem onder.

De tien seconden inwerktijd leken uren. Treiterend langzaam tikten ze weg, terwijl ik gespannen naar het papier staarde.

Je zult inzien dat je je als een dwaas hebt aangesteld, foeterde ik tegen mezelf. Morgenochtend bij daglicht ...

De verborgen laag van de foto werd zichtbaar.

Toen ik enigszins bekomen was van mijn ontzetting, grabbelde ik gehaast mijn spullen bij elkaar, smeet ze in mijn koffer en maakte dat ik wegkwam. Niet door de kamerdeur, ik wist immers niet zeker of er iemand aan de andere kant stond. Ik worstelde me door het slaapkamerraam en liet me langs de klimop naar beneden zakken. Struikelend rende ik de berg af, de pikdonkere nacht in ...

Oom Tim stopte met vertellen. De stilte hing als een zwarte donderwolk tussen ons in. Ik slikte en gluurde naar de steeds dieper wordende schaduwen in de kamer. Ze leken een eigen leven te leiden door het dansen van het vuur.

Oom Tim haalde langzaam een andere foto uit zijn map tevoorschijn en legde die met een grimmig gezicht op tafel. Mijn adem bleef steken in mijn keel. Mijn ogen werden groot als schoteltjes.

Eindelijk perste ik er een trillend lachje uit. Ik schudde mijn hoofd stellig en zei schor: 'Je liegt, oom Tim. Je

hebt dat hele verhaal gewoon verzonnen en een fotobe-werking met de computer gemaakt!'

Het laatste taartje

'Ik heb vanmiddag erg gelachen toen ik deze foto ontwikkelde,' zei oom Tim op een woensdagavond. 'Sommige mensen gún je het gewoon!'

'Wat gun je ze, oom?' vroeg ik.

'Kijk, luister en huiver,' zei oom Tim met een grote grijns. Hij liet me een foto zien, die nog niet in zijn chemicaliënbad gelegen had, en hij vertelde me het verhaal dat erbij hoorde.

Het was nu eenmaal nieuws, die belangrijke overname, dus oom Tim moest eropaf om een foto te maken voor de krant. Maar het liefst was hij ver uit de buurt gebleven bij die walgelijke mijnheer D.D.S.J.M. Stoethaspel, Dédé genoemd in de volksmond.

Het was de dag dat Dédé, 'na pittige onderhandelingen' – zoals hij het zelf op de persconferentie tegen de verzamelde journalisten zei – in het bezit kwam van de bakkerij van Marinus Druys, een vriendelijke, hardwerkende banketbakker. De stinkend rijke Dédé had niets met bakkerijen. Hij was wapenfabrikant en in zijn twaalf fabrieken verspreid door Europa rolden dag en nacht honderdduizenden gevaarlijke granaten, revolvers, pistolen en machinegeweren van de band. Wat moest zo'n man met de onschuldige koeken en taarten die dampend uit de oven van Marinus Druys kwamen? Niets. Het was een pure wraakactie.

Een paar maanden geleden trouwde de enige dochter van Dédé, de zeer knappe maar leeghoofdige Deirdre Stoethaspel. Ze was dolverliefd op de jongste, verwende zoon van ICT-magnaat Harry Lovenaer en hun bruiloft moest de grootste en prachtigste bruiloft van de eeuw worden. Met een paar losse miljoenen in je broekzak is dat natuurlijk een koud kunstje.

Bakkerij Druys werd verzocht om een bruidstaart te maken van twaalf verdiepingen. Nu is Druys beroemd om zijn bruidstaarten, maar een taart van twaalf verdiepingen was nog nooit vertoond. Marinus had diepe rimpels in zijn voorhoofd getrokken toen hij in het patserige kantoor stond van Dédé, waar hij ontboden was om de bestelling op te nemen.

'Een taart van twaalf verdiepingen, opgemaakt met slagroom, gesuikerde vruchten, marsepeinen rozen en chocolade zal topzwaar worden,' zei hij voorzichtig. 'Ik adviseer u om er zeven van te maken. Dat is nog altijd meer dan de gebruikelijke vier of vijf etages.'

Dédé was niet gewend om tegengesproken te worden, en zijn kwabbige gezicht liep pimpelpaars aan.

'Bespaar me je praatjes. Doe gewoon wat ik zeg,' snauwde hij. 'Jij bent banketbakker. Bedenk maar een manier om zo'n ding in elkaar te flansen. Mijn dochter wil twaalf verdiepingen en mijn kleine meisje krijgt altijd wat ze wil.'

'Twee taarten van zeven etages dan?' opperde Marinus. 'Met een brug van gesponnen ...'

'Eén van twaalf!' bulderde Dédé met trillende onderkinnen. 'En nu eruit!'

Natuurlijk ging het fout. Het bruidspaar kreeg uitgebreide instructies van een zenuwachtige bakker Druys over hoe ze de taart moesten aansnijden om te voorkomen dat het bouwsel zou instorten. Als ze nou maar geluisterd hadden, was er niets gebeurd. Marinus Druys verstond zijn vak. Maar op de bruiloft vond Deirdre Stoethaspel opeens dat haar linkerkant voordeliger zou uitkomen op de foto dan haar rechterkant, en ze zette het mes op een heel andere manier in de taart. Haar kersverse echtgenoot volgde braaf haar bewegingen. Ze drukten de punt van het mes diep in de slagroom en ... de taart begaf het. Bruid en bruidegom werden bedolven onder een lawine van vruchten, witte chocoladesnippers, gesponnen suiker en marsepeinen rozen.

De bruid jankte met hoge uithalen, terwijl haar bruidsmeisjes de gesuikerde kersen uit haar decolleté visten. De vader van de bruid verboog wit van woede zijn gebaksvorkje tot een soort paperclip en siste: 'Dit zet ik je betaald, Druys. Ik maak je helemaal kapot!'

Daar begon hij de dag na de bruiloft meteen mee. Hij greep de telefoon en snauwde in de hoorn: 'Druys, Stoethaspel hier. Ik heb besloten in het banket te gaan en ik koop die tent van je. Ik bied je anderhalve ton, inclusief de machines en alles.'

'Anderhalve ton?' stotterde Marinus Druys. 'Dat ... dat is een fooi! Bovendien is mijn bakkerij helemaal niet te koop, mijnheer Stoethaspel.'

'Als ik hem wil kopen, is hij te koop, begrepen? En anderhalve ton is meer dan genoeg, gezien de schandalige gebeurtenis van gisteren! Ik mats je nog, Druys, want niemand zal een cent geven voor een bakkerij waar ze zulke snertbruidstaarten verkopen. Dit is je laatste kans om niet aan de bedelstaf te geraken.'

'Is ... is dit een dreigement?' hakkelde Marinus, die

zijn oren niet kon geloven.

'Je pakt het maar op zoals je wilt,' zei Dédé onverschillig. 'Verkoop je of niet?'

'Nooit van mijn leven!'

'Dan moet je het zelf maar weten.'

De volgende dag stond in alle kranten wat er gebeurd was op de bruiloft van Deirdre Stoethaspel, maar de feiten waren op een schandalige manier verdraaid. Dédé had gewoon ruimte gekocht op de voorpagina's en die gevuld met zíjn versie van het verhaal. Banketbakker Marinus Druys, die met naam en toenaam genoemd werd, werd met venijnige woorden de grond ingeboord.

De arme bakker kon reclame maken zoveel hij wilde, tegen de lastercampagne van Dédé kon hij niet op.

'Het is zijn eigen fout,' vertelde Marinus bijna in tranen aan zijn klanten die in de winkel nieuwsgierig vroegen hoe het nou zat. 'Hij wilde niet naar me luisteren en zijn dochter evenmin.'

Twee weken lang plaatste Dédé advertenties in de kranten: *Banketbakker Druys is niet goedkoop. Levert hij wel de kwaliteit die u mag verwachten voor uw zuurverdiende geld?*

Klanten bekeken hun gebak kritischer dan ooit en kwamen hun geld terugeisen.

'Deze toef slagroom is ingezakt, bakker. Kijk, noemt u dit een mooi gedraaide punt?'

'Ik vrees dat uw gebak een beetje te lang buiten de

koelkast heeft gestaan, mevrouw.'

'Smoesjes bakker, mijn geld terug!'

'In een van de kersen zat nog een pit, bakker. Schandalig, ik had wel een stuk van mijn kies kunnen breken!'

'Het spijt me, mijnheer, ik krijg de kersen aangeleverd van ...'

'Dat interesseert me geen lor, bakker. Ik wil een flinke schadevergoeding.'

Een vriend van Marinus zei woedend: 'Ik zou die kerel aangeven wegens laster, Marinus! Hij gooit met modder naar je, maar als het eropaan komt, kan hij niks bewijzen.'

Marinus Druys schudde treurig zijn hoofd. 'Hij is miljonair. Hij tovert gewoon een legertje dure advocaten uit zijn hoge hoed. Ik maak geen schijn van kans.'

Drie weken na de rampzalige bruiloft ging de telefoon in de banketbakkerij.

'Verkoop je nu, Druys? Een ton, geen cent meer.'

'Val dood, Dédé.'

Die nacht werd er ingebroken in de banketbakkerij. Het vreemde van de inbraak was dat er niets was weggehaald. Het bedrag aan kleingeld in de kassa klopte tot op de laatste cent. Alle dure apparaten waren nog aanwezig en er waren zelfs geen taarten uit de koeling verdwenen.

'De dieven zijn vermoedelijk gestoord tijdens hun bezigheden,' zei een agent die de zaak kwam onderzoeken. 'Misschien zijn ze opgeschrikt door een late passant en hebben de benen genomen. U hebt geluk gehad, mijnheer Druys. U hoeft alleen maar een nieuwe ruit te laten inzetten.'

Dezelfde ochtend stond de Keuringsdienst van Waren onverwacht op de stoep. 'We willen graag uw bakkerij controleren, mijnheer Druys,' zei de langste inspecteur van de drie.

'Ga uw gang,' antwoordde Marinus Druys met een gerust hart. 'U zult, zoals gewoonlijk, niets vinden wat niet in orde is, heren.'

De inspecteur kneep zijn ogen tot spleetjes en zei: 'Daar zou ik deze keer maar niet zo zeker van zijn, mijnheer Druys. We zijn getipt door een anonieme tipgever. U hoort er zo dadelijk meer van.'

Terwijl de inspecteurs zich verspreidden door zijn banketbakkerij, was het of een ijskoude hand het hart van Marinus samenkneep. Een vreselijk vermoeden nam vorm aan in zijn hoofd: de inbrekers hadden niets weggehaald, maar hadden ze misschien wel iets áchtergelaten?

Tien minuten later lagen er twaalf dode muizen op de toonbank en waren de inspecteurs druk aan het schrijven.

'Muizen in de koeling, muizen bij de meelvoorraden en zelfs twee drijvend in de room, mijnheer Druys! En, nog erger: u hebt rattengif gestrooid om te proberen ze te verdelgen! Er zijn gifkorrels op sommige taarten terechtgekomen. Uw bakkerij is een regelrecht gevaar voor de volksgezondheid, mijnheer!'

Marinus zat gebroken op de hoge kruk achter de kassa en stamelde met een spierwit gezicht: 'Ik ben erin geluisd.'

De volgende dag ging de telefoon.

'Het praatje doet vlug de ronde, Druys. Je begrijpt wel dat dit het roemloze einde van je bloeiende bakkerij betekent. Ik heb met je te doen. Daarom doe ik een voortreffelijk voorstel: ik bied vijfentwintigduizend voor de hele zaak. Akkoord?'

Wat kon Marinus Druys anders? Hij knikte sprakeloos.

Marinus had het niet kunnen opbrengen om te verschijnen bij de overdracht van zijn banketbakkerij, waarbij ook veel pers aanwezig was. In plaats daarvan lag er een brief op de toonbank. Hij was half onder een bordje geschoven, waarop een gebakje stond dat er fantastisch uitzag: drie lagen cake met daartussen banketbakkersroom en jam, rijk gegarneerd met toefjes slagroom, chocoladekrullen en een rand roosjes van rode, gesponnen suiker.

Dédé las de brief die aan hem gericht was hardop voor aan de journalisten:

Beste Dédé,

Gefeliciteerd, jij wint. Mijn bakkerij is voortaan van jou. Je zult je overwinning wel willen vieren, en hoe kan dat beter dan met gebak van de beste banketbakker van het land? Want dat ben ik nog steeds, Dédé. Van mijn laatste restje meel heb ik dit taartje gebakken, mijn laatste taartje. Ik heb het vannacht gedaan, toen de bakkerij eigenlijk al van jou was. In feite krijg je hier dus een koekje van eigen deeg. Laat het je smaken!

Marinus Druys

Dédé lachte bulderend om het grapje. 'Die Druys, wie zou gedacht hebben dat hij zo'n sportieve verliezer was? Welwel Druys, waar je ook bent: op je gezondheid!'

En de kwabbige wapenfabrikant opende triomfantelijk zijn grote mond om het laatste taartje van Marinus Druys te verzwelgen.

'Het is heel jammer dat ik onmiddellijk na het maken van deze foto weg moest,' proestte oom Tim. 'Ik had dolgraag de reactie van die blaaskaak willen meemaken.'

Ik kon die reactie als een film in mijn hoofd zien en schudde van het lachen. 'Misschien is dat een idee voor als zijn drakerige dochter een baby krijgt!' schaterde ik. 'Taart met muisjes!'

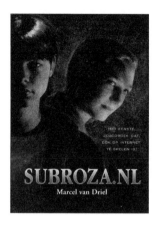

Marcel van Driel
Subroza.nl

Ondanks dat Roza haar vader nooit heeft gekend, komt zijn dood toch als een schok. De schok wordt alleen maar groter als ze hoort dat zij en haar halfbroer Lindel een computerprogramma hebben geërfd dat miljoenen waard is. Hun vader heeft de software echter ergens verborgen in een kluis en Roza en Lindel hebben slechts drie dagen de tijd om via een serie internetpuzzels te ontdekken waar die kluis zich bevindt.

Subroza.nl is een superspannende jeugdthriller in de stijl van de Da Vinci Code, die ook via internet te volgen is. Log in op www.subroza.nl en los samen met Roza en Lindel de puzzels op, voordat het te laat is!

Annemarie Bon
Weblog van een antiheld

Michiel is anti. Hij is anti-antipasta, anti-Kerstmis, anti-tweede leg, anti-braaf, anti-spreekbeurt en anti-ouders. Michiel is kort gezegd anti-alles. Op zijn weblog schrijft hij zijn ongenoegen van zich af.

In dit boek lees je alles over Michiel. Hij vertelt op zijn weblog openhartig over zijn leven. Over zijn ouders bijvoorbeeld, en vooral ook over Eline: het meisje op wie hij verliefd is.

Met tekeningen van Hélène Jorna